丁立梅——著

仿佛多年前

AS
IF
YEARS
AGO

作家出版社

图书在版编目（CIP）数据

仿佛多年前 / 丁立梅著. -- 北京：作家出版社，
2017.8
ISBN 978-7-5063-9560-1

Ⅰ.①仿… Ⅱ.①丁… Ⅲ.①散文集 - 中国 - 当代
Ⅳ.①I267

中国版本图书馆CIP数据核字（2017）第163534号

仿佛多年前

作　　者：丁立梅
策　　划：省登宇工作室
责任编辑：省登宇
装帧设计：弘果文化传媒
出版发行：作家出版社
社　　址：北京农展馆南里10号　　邮　　编：100125
电话传真：86-10-65930756（出版发行部）
　　　　　86-10-65004079（总编室）
　　　　　86-10-65015116（邮购部）
E-mail:zuojia@zuojia.net.cn
http://www.haozuojia.com（作家在线）
印　　刷：北京尚唐印刷包装有限公司
成品尺寸：145×210
字　　数：170千
印　　张：8.875
版　　次：2017年8月第1版
印　　次：2017年8月第1次印刷
ISBN 978-7-5063-9560-1
定　　价：35.00元

目　录

CONTENTS

序
假如生命明天结束

·

　　对于我们绝大多数人来说，少有人去想过，生命也许就在明天结束。我们忌讳说死亡，天也长，日也久，哪里就会死呢？日子就像盛在米袋子里的米，足够慢慢数着的。尽管有时，我们也惊觉岁月的流转，白云苍狗，白驹过隙，都是眨眼间的事。可我们也只是小小伤感一下，对风对月发上一会儿呆，过后，日子依旧混沌着。很多的事，发着誓地想做，却基于这样那样的原因，搁浅下来。事后，还找着理由安慰自己，不急，不急，日子长着呢。

　　日子果真长着吗？这里那里暗藏危机、天灾、人祸，再加上无法预知的疾病，我们的生命，有时不过蝼蚁，脆弱得不堪一击。前一刻看着还是满树繁花堆积，后一刻已是一地凋零。生命充满变数，谁能确保明天，就一定安然无恙？你不妨设想一下，假如明天生命结束，今天你会做什么。

　　你要对伴在你身边的那个人说爱。你多久没对他说爱了？你多久没有像热恋中一样，为讨他的欢喜，而精心准备一份礼物？你模糊了他的生日。你忽略了他的喜好。你不记得他今天穿什么颜色的衣裳。他添了皱纹没？他有白发了吗？他最近的心情好不好？这些你统统不知道。你对风对月说爱，却懒于对他说。你们本有多少良辰美景好度，你生生弄丢了。因为亲近，所以漠视。现在，你想起他，心忽然很疼痛。

　　你要陪陪孩子，听他一遍一遍问：为什么天上的鸟会飞呢？为什么我们不是鱼？花儿是不是哭了？饼干埋到土里，会不会长出饼干来？你会微笑着摸着孩子的头，耐心地听他说话，不会表现出一丝不耐烦。他犯了错，你也不会动怒，你会宽宥。你不再要求他有多杰出，把他水灵灵的童年，压榨得像颗皱褶的核桃。你祈求，只要孩子健康着平安着，就是最大的好。

　　你要接乡下的母亲来看病。母亲嚷嚷好久了，说腿疼。你并不放在心上。你想，母亲年纪大了，身上这儿疼那儿疼，也是正常的，没什么大碍。你用话搪塞母亲，妈，等我放假了、得空了，就带你去看病。然真的等到放假了，你早已把对母亲的承诺，抛到脑后去了，你待在你的小世界里，懒得动弹。母亲之于你来说，只是逢年过节时，捎上的一份礼物。

你要和几个朋友聚。朋友聚在一起谈天说地，那种时光多么美妙。可你却常爽约，让朋友们空等。你总是说，下次吧，等下次我们聚。可是下次到底是哪一次？人生有多少下次可以等到？

你要对自己好。天哪，这么些年，你都忘了爱自己了。你在俗世琐事中沉沦，钱财名利，哪一样都胁迫着你，让你不得不一路飞奔。只有到这时，你才知道，那一些，不过是过眼云烟，抓不住，也带不走。你终于可以一无牵挂地爱自己了，给自己做顿好吃的。给自己买件昂贵的衣。去电影院看场大片。或者，躺到某块草地上，万事抛开，让暖阳静静洒满一身。

你要飞去西藏。向往好些年了吧，你一直一直想去西藏，想亲近一下那里最蓝最蓝的天空，想拨动布达拉宫门前的转经筒。朝圣的灵魂到底匍匐到怎样的地步？布达拉宫红顶的平台上，可有从门隅来的燕子飞过？——这些，让你心心念念。

要做的事，是这么多，多得像撒落一地的芝麻粒，捡也捡不完。好在上帝是仁慈的，他许给你当下。亲爱的，你知道怎么做了吗？那就是，别再等待，从现在起，一件一件去完成。

第一辑

花世界里的人

．．

世上有这样的一种爱——平日里沉默寡言，不显山不露水，却在你最需要它的时候，挺身而出，做你最坚强的后盾，陪你走最黑的路、跨最暗的坎，直到你从黑暗里完全走出，沐一身光明。

种 花

——

:

我在我妈门前种花。

花的种子是我从网上拍来的。花十多块钱，就能买上一小把种子。我乱七八糟买了很多，上面标注的是，小野花。好，就它。因为野，好长，合我的性子。

我妈听说我要种花，乐得眉开眼笑，一迭声答应，好啊好啊，家里有的是地方。她早早就把门前的一块地给收拾出来。那块地，原先长着蚕豆。蚕豆都开花了，眼看着结荚了，节俭了一辈子的我妈，却毫不吝啬地把它们全部拔掉。

我携着我的花种子回家。我妈高兴，她屋里屋外不停来回转，一会儿找铁锹，说要把地再整一整。一会儿又说要去地里挑蔬菜，给我中午炒着吃，忙得一团糟。却在那"一团糟"里，透出无比的幸福来。她的嘴一直咧着，合不拢了。她说，你一到家，家里的门槛都变高了变亮堂了。

这话说得我既开心又黯然，我们兄妹大了，各自有了家庭牵绊，难得回老家。家里只剩我妈我爸两个老人，暮气笼罩下，都是冷清。

我爸也忙活开了。他给那块地追加了底肥，还用钉耙，给划拉出漂亮的地沟。我妈说，我和你爸特地跑去问人家找的鸡粪呢。想我的野花们真是有福，落户到我妈家，受到这等礼遇。

种子刚种下，我妈就给浇了一遍水。然后是天天向我汇报，门前地里的情形。有鸟来啄食，我妈又多了一项任务——赶鸟。整天忙得更不可开交了。

一十八天后，种子们终于出芽了。我妈不时就跑去看一回，说，啊，那些小芽儿，像些小虫子在爬。我在心里面好笑着，这些小花儿，不单充实了我妈的日子，治愈了我妈的孤独和冷清，还让我妈学会用比喻句了。

花儿们疯长起来，很快密密地长了一堆儿，你挤我我挤你的。原先的地方不够它们住了，我妈忙着给它们间种，把屋后也栽上了。花抽枝了，花打花苞苞了，这都是大事儿，我妈很细致地向我汇报。平时少言寡语的老太太，变得碎嘴起来，语调里，都带着笑。

　　再一些天后，花终于开了，居然是漂亮的格桑花和波斯菊。红的，粉的，黄的，白的，不一而足。我妈的屋前屋后，像来了一群穿着鲜艳衣裳的幼童，整日里喧喧喳喳、跳跳蹦蹦，好不热闹。

　　蝴蝶们也来了，恋恋地绕着花飞。我妈说，没魂的蝴蝶啊。她那是形容蝴蝶多。那景象我不用想，也知道是怎样的绚丽。我妈不会用"绚丽"这个词，我妈说，好看呢，好看呢。

　　村里人没见过这些花，又好奇又美慕，有事没事，爱转到我妈门前来看。孩子们更是日日频相顾。问我妈讨得几朵回去，开心得不得了。有人开始试探着问我妈讨要一些，回去栽种。我妈起初还吝啬着不肯给。我让她放心，这些花性子都泼，一长就是一大片的，只要想要的，都给。

于是乎，我妈门前总有人去讨花。我回去，我妈告状似的说，烦死了。我看她说这话时，是多么口不对心，她脸上的笑容里，分明写着快乐。那种给予的快乐。

今天我妈又告诉我，隔壁村子里的谁谁谁，也跑来问她要花种子。格桑花开过了，我妈专门弄了个罐儿，收藏这些花种子。那罐儿比金镯子还珍贵，她看得可紧的。

我问我妈，给她了吗？老太太端起架子来，狡黠地笑，她来要了三回，我才只抓了一丁点儿给她，要的人多哩，我要省着点。她计划着明年，把门口的路边，也都给种起来。

我笑她，那不是谁都可以采了吗？我妈被我点破了心事，她嘿嘿两声，讪讪笑着，有些不好意思。

我很高兴，我随手丢下的一把花种子，能让我妈的晚年，浸在花开的缤纷里。我更高兴的是，一个村庄，不，更多的村庄，都将因这一把花种子，而花开沸沸。

花世界里的人

———————

.
.

　　他是小镇上有名的老中医，我认识他的时候，他已六十开外了。

　　他的家，稍稍有些偏僻，在一条巷子的深深处。三间平房，很旧了，简陋着，却有个大大的院落。旁边住宅楼一幢接一幢竖起的时候，有人劝他搬家，他不肯，他是舍不得他的大院子。

　　大院子最大的好处是，可以让他尽情地种草养花。院子里除了一条小径供人行走，其余的地方，均被他种上了花。

这还不够，他还要把花搬进屋子里。客厅一张条桌上，摆满各色各样的花盆，甚至连吃饭的碗，都用来盛花了。他是花世界里的人。

也种一些奇奇怪怪的药草，清清淡淡的，开小小的白花或黄花。他把这些药草捣碎了，制成各种药丸，给上门求诊的人吃。他的药丸，效果十分显著，尤其针对小儿的腹泻和咳嗽，几乎是药到病除。

他在民间的名声，一传十，十传百，方圆百十里的地方，无人不知。他家的院门前，整天车马喧腾、人来人往。外乡人也赶了老远的路来，让他给看病。他坐在簇簇的花中间，给人把脉，轻轻雅雅地说话。他在药方子上，写上瘦长瘦长的字。他一粒一粒数了药丸，包上，嘱咐着病人怎么吃。他的收费极低，都是一块钱两块钱的。有时，甚至不要钱。他说，乡下人不容易。病人到他这里，病好似去除掉大半了——他整个的人，都袭着花香，是那么让人放心。

那时候，我在他所在的小镇工作。我的孩子小，三天两头生病，我便常常抱了孩子去敲他家的门。有时，半夜里，他被我从睡梦中叫醒，披一件衣，穿过一丛一丛的花，来开门。薄薄的月光飘着，远远望去，清瘦的老先生，很有种仙风道骨的样。

其实，不止我半夜里去"吵"过他，小镇上有孩子的人家，大多数半夜都去"吵"过他。他总是毫无怨言，无比温和地给孩子看病。为了哄哭闹的孩子，他还特地买了不少孩子爱吃的糖果放家里，以至于孩子一到他家，就熟门熟路地去拉他家橱柜的门。孩子知道，那里面，藏了许多好吃的。

我们过意不去，要多给他钱。他哪里肯收？他摸摸孩子的头，说，宝宝，你长大了，记得来看看爷爷就好了。

在他的照拂下，我的孩子，健康地成长起来。小镇上许多的孩子，健康地成长起来。我离开小镇，一别七八年，小镇上的人和事，渐渐远了。却常常不经意地想起他，清瘦的样子，温温和和的笑容，还有他那一院子的花。

前些日子，有小镇人来城里办事，我们遇见。我们站在街边一棵梧桐树下，聊小镇过往的人和事。我问起老先生。那人轻轻笑，说，他走了，走了已有两年多了。

那人说，他的葬礼浩大得不得了，四面八方的人，都赶去给他送葬。送他的花篮，多得院子里摆不下，都摆到院墙外去了，绵延了足足有半里路。

那人说，他有颗菩萨心，好人有好报的。

我微微笑起来，想老先生一生与花为伴，灵魂，当也变成一朵花了吧。这世上，你若种下善的因，定会结出善的果。

一个人的村庄

祖母满坟日，父亲电话来，父亲说："回来一趟吧，给你奶奶磕最后一个头，也不枉她以前那么宝贝你。"

我恍惚了一下，外面的阳光，刺疼了眼睛。

不经意间，祖母已故去三年了。

祖母的坟，葬在一片桑树地里。桑是农人的最爱，从远古，到现代，都是如此。"蚕月条桑，取彼斧斨，以伐远扬，猗彼女桑。"这是《诗经》里的桑，人们伐去老枝，以便桑树抽出新枝。现代农人的做法，和先民们的做法，如出一辙。冬天，他们伐去那些远扬的桑树条，好让桑树更好地冬眠，这叫歇桑。三月的春风一吹，这些桑们，会齐齐苏醒过来，抽出新的枝条，上面爬满黄绿的芽苞苞。用不了多久，那些芽苞苞，就会绿成一片汪洋。

休养生息，这是人类得以世世代代生存下来的奥秘。

亲朋们浩荡着一支队伍，去往祖母的桑树地。没有人悲伤，大家都笑嘻嘻的。按我家乡风俗，父亲准备了几大筐的小馒头，带到坟上去抛。邻人们早早候在祖母的坟前，等着"抢"馒头。谁抢到了，都是一件很吉利的事。祖母活到八十八岁，算是高寿，高寿的人故去，是当作喜事来操办的。当来的人越聚越多时，我的父亲慌了，暗地嘀咕："馒头怕不够啊。"脸上却一片欢喜色，有人来争抢馒头，对主家来说，亦是很吉利的。

我给祖母磕了几个头，我说，奶奶，你好。我想我的祖母若地下有知，她会听见的。只待一夜春风起，这些桑们，会在瞬间绿起来。到那时，我的祖母将头枕一片新绿，她会睡得很安详。

仪式完毕，母亲问："地里的荠菜多，你要不要挑点带回去？"

当然要。我于是提了篮子去地里挑荠菜。

村人们望见我，都热情地招呼："梅回来啦？"我说："是哎。"对他们晃晃手里的镰刀，我说："挑荠菜去呢。"他们笑起来，感慨道："梅还是没忘本。"邀我去他们家玩。

暗下惭愧，什么叫没忘本？我其实什么也没有做，只不过偶尔回家一趟，去地里走走，在村人们看来，这便是融入、便是亲昵、便是没有忘本。他们认同所有对泥土有着眷恋和热爱的行为，他们的朴实善良，永远如泥土一样。

地里的荠菜多，我很快就挑了半篮子。一句很应景的诗跳出来：春在溪头荠菜花。这句诗不特别，却有种朴素素的好。乡下的春天，原是站在荠菜花上的。

去村庄里四处走了走，问候了我儿时的芦苇，问候了一些田埂和小沟渠。指着这处那处，告诉那人，这里有我啊，那里有我啊。

一个我童年时的玩伴，还在村庄住着，前些天，却得白血病死了。母亲跟我唠了好几次，我嘴里面应着，哦。心里早已一片荒凉。昔日的画面闪过，童年的歌谣，远远飘逝，再不相见。

一个孩子，从我身边跑过去，小脸蛋结结实实的。我拉住他问："你叫什么名字？"他看我一眼，挣脱掉我的手，跳着跑开去，却在不远处立定了，歪着头对我说："就不告诉你。"我终于笑了，你看，有他们在，我的村庄，它不会老去。永远不会老去。

那些彩色的时光

她最早的记忆，是在三岁左右。她能清楚地说出当时的人和事，这一点让很多人惊奇。三岁的小人儿，走路尚且不稳，但每天却能摇摇摆摆地独自上路。且很有主见地，朝着一个方向奔。

母亲不在家。母亲总是不在家的。母亲去食品厂上班，叮嘱七岁的姐姐照顾她，说晚上给她们带饼干吃。姐姐嘴里答应着，母亲刚一出门，姐姐就跑去外面，和街道的一帮孩子疯玩，玩得热火朝天。他们玩捉迷藏，玩丢布袋子，玩跳房子。

玩着玩着，就把她扔下了。她在一边看着，有些寂寞，也有些无聊。于是，她独自上路。

穿过碎石铺就的巷道，路过一家茶水房、一家烧饼店。茶水房的老板娘，一个身材高大健硕的女人，看见她就啧嘴，满脸的同情色。一帮女人闲坐在茶水炉旁，对她指指点点，说着闲话。她不理，兀自走她的。

烧饼店那个做烧饼的，是个满脸麻子的中年男人，街坊们叫他麻子。麻子偶尔去她们家，母亲没有好脸色对他。麻子看见她，会很热乎地招呼，呀，小蕊呀，吃烧饼不？她心里很想吃，但母亲特别交代过，不许吃麻子的烧饼。这话母亲是用很严厉的语气说出来的。她记住了，很有志气地冲麻子说，我不吃。

出了巷道，拐弯向左，是一条大街，有小河穿街而过。小河上架木桥，从木桥的缝隙里，清晰地看到下面湍流的河水。她不敢过木桥，手脚并用地爬过去。等爬到对岸，她就可以望见父亲的房子了。小小的心，暖乎乎的。

父亲的房子当街而立，黛瓦，木板门，厅堂幽深。门前有棵石榴树，树不高。开花的时候，最好看了，小红灯笼似的花，挂了满满一树。父亲会摘了戴在她的小辫子上。树干上钉一木牌子，木牌子上一行黑漆字。直到念书识字后，她才知道，那上面写的是：许羽飞牙诊所。

父亲是个牙医。父亲穿白大褂，身材修长，貌相斯文。父亲远远望见她，会笑眯眯地迎出来，一把抱起她，用胡荏扎她的脸。隔壁是家卖糖烟酒的小店，父亲抱她去买糖。店主是个年轻的女人，苹果脸，扎一条粗黑的长辫子。女人和父亲相当熟稔，看见她，笑着伸手来抚她的脸，一边跟父亲说话，小丫头又来看你啊。父亲亲亲她的脸，高兴地说，是啊，小丫头又来啦。

她不关心他们的对话，她关心那些糖。它们用红的糖纸绿的糖纸包着，甜得让人的心发颤。她吃完糖，可以玩那些糖纸。对着太阳照，太阳是红的。换一张照，太阳是绿的。时光是彩色的。

黄昏时，她原路返回。父亲把她送到河对岸，叮嘱她，不要跟妈妈说你来过。她点头，狠狠点头。回家，见了母亲，果真只字未提。现在想来都有点不可思议，那么小的人儿，怎么能严守那样的秘密。

竟不曾奇怪过这样的状况——母亲住一处，父亲住一处。她以为，本该这样的，各有各的家。直到有一天，邻家一小孩，跟她姐姐抢一根橡皮筋，抢不过，骂她姐姐，野种，没有爸爸要的野种。她反驳，我们有爸爸，我们的爸爸在河那边，我们的爸爸是牙医。那小孩就问她，你说你有爸爸，你的爸爸为什么不住在你们家里？你看我的爸爸就住在我们家里。

她们哑口无言，拿了这样的问题回家问母亲，母亲的脸，变得铁青，警告她们说，以后不许再提爸爸两个字，哪个提，我撕烂哪个的嘴！你们的爸爸死了！

小小的心，哪里能明白大人间的恩怨。明明父亲在，母亲却说他死了——这样的疑问，也只藏在肚子里。

她还是偷偷到父亲那里去，吃糖，玩糖纸，享受她的彩色时光。

到底被母亲发现了，是姐姐告的状。姐姐说她吃了父亲给的糖。母亲责令她跪下，第一次用笤帚打她，边打边哭。母亲说，下次还吃不吃那个坏家伙给你的糖了？母亲的打不令她害怕，母亲的哭，却让她害怕无比。她答应，不吃了，再也不吃了。

那以后，她不再去河对岸。有时寂寞了，她还会穿过石子铺就的巷道，路过茶水炉，路过烧饼店，左拐，上街道，站在河这岸往那岸看。有一次，正看着看着，就看到父亲过来了，父亲冲她惊喜地叫，小蕊，咋不过来看爸爸了？她转身就跑，半路遇到姐姐。姐姐看到父亲，两眼瞪得溜圆，气鼓鼓地说，你是坏人，你敢碰我妹妹，我就告诉妈妈。姐姐说完，拉着她就走。街边有人出来看热闹，有人大声叫着，许医生呀。她回头，看到父亲往回走，背影很受伤很无奈。

一个秋天过去，一个春天过去，她上学了。父亲那时已再婚，跟卖糖烟酒的那个年轻女人。他们很快生了个女儿。母亲的脾气变得更暴躁，听不得别人提父亲的名，一提，她就骂人。邻居阿姨有次说到要看牙医，要去找许羽飞。正说笑着的母亲，突然翻脸不认人，把人家臭骂一顿。

她和姐姐小心翼翼地，不再碰触到那个人、那个名字。日子有些憋闷，又有些荒凉地朝前走着。

父亲却来找她们了。是在姐姐生日那天，父亲买了一个大蛋糕，还买了一些糖果，等在她和姐姐的学校门口。姐姐把父亲给的蛋糕扔在地上，踩上一脚，说，谁稀罕你的破蛋糕呀。转身跑了。她也不肯接下父亲给的糖果，她仰头对父亲说，我恨你！父亲听了，唤她，小蕊。父亲脸上的肌肉，痉挛地跳着，人仿佛一下子苍老下去。她顾不上了，她跟着姐姐跑。

其实，一个孩子，懂得什么叫恨呢，轻飘飘说出来，也就说出来了。对父亲，却不啻雷击。父亲再没找过她们，倒是托人带过东西给她们，带给她的是一条镶着蕾丝边的红裙子。带给姐姐的，是一双漂亮的红皮鞋。在当年的小街上，都是贵重物。母亲却当着她们姐俩的面，拿剪刀铰了。她和姐姐都哭了，她们心疼漂亮的红裙子和红皮鞋，她们也心疼她们自己。

母亲带她们搬了家，在她十岁那年。她们搬到外婆所在的小镇，与父亲，彻底地远了。那黛瓦木板门的房子，那开着小灯笼似的红花的石榴树，还有那些花花绿绿的糖纸，与她再无关了。

再次见到父亲，是在姐姐出事后。姐姐早恋，爱上一个男孩，一腔痴情地投入进去，甚至不惜跟母亲反目，最后却被抛弃了。姐姐想不开，割腕自杀，血流了一大摊。母亲哭得晕过去。

姐姐后来被救活了，是父亲救的。不知父亲怎么听得消息，他几乎在第一时间赶到医院，输了很多血给姐姐。抱着姐姐，不停地唤着姐姐的小名。母亲却不领情，看见他就疯了似的扑上去踢他咬他，一边踢一边哭骂，都是你害的！都是你害的！父亲任由母亲踢打，眼泪断了线的珠子似的，骨碌碌滚下来。

她不知道如何面对，转身走。医院后面，有座凉亭，她坐在凉亭内发呆。身后突然传来父亲的声音，小蕊，你还恨爸爸？她没有转身，也没有回答父亲。许久之后，她听到有叹息，重重地落下，是父亲的。父亲说，你要好好的，别学你姐，让你妈操心，你妈不容易。父亲这话激起她心头无名的火，她回他，你早在什么地方了？你为什么狠心地抛下妈妈，跟别的女人结婚？

听不到父亲的回答。待她转身，父亲已走远，踽踽地。背影沧桑又荒凉。

　　她考上大学的时候，姐姐工作了。姐姐选择了跟父亲一样的职业，做牙医。母亲不知怎的也想开了，没有反对姐姐。母亲叹着气对姐姐说，你像他，一个模子雕出来的。

　　她去上大学前夕，姐姐忽然对她说，你去看看他吧，他会高兴的。对当年他抛弃母亲，姐姐用了一句话作了总结，姐姐说，感情的事，勉强不得。

　　她顺着记忆往回走，原先的巷道，已拆除殆尽。河还在，水已见底。木桥变成水泥桥了，宽阔气派。父亲的房子，竟还是原样子，门前的石榴树，还长着。树上的木牌子，挂到了墙上，上面还是那几个黑漆字：许羽飞牙诊所。

　　父亲正在给人洗牙。白大褂穿着，身材修长，模样斯文。只是头发里，已霜花点点。父亲看到她，高兴得有些慌张。他低声对他的顾客说了几句什么，又是作揖又是鞠躬的，把顾客给哄走了。而后，他搓着双手，走到她跟前，看着她傻笑，说，小蕊都上大学了。再傻笑，说，小蕊都上大学了。再再傻笑时，眼泪就笑出来了。

　　她脱口而出问父亲，爸，我小时玩过的糖纸还在吗？她是当作玩笑问的。没曾想，父亲的回答居然是，在，在，都给你留着呢。

　　父亲随即去了里屋，再出来，手里已多出一个木盒子。木盒子里，叠放着的，都是她当年玩过的糖纸，花花绿绿的。

　　她拿出一张，对着太阳照，太阳是红的。换一张照，太阳是绿的。时光是彩色的。

伤与痛

——

:

　　母亲的手被蛇咬伤，在锄草的时候。

　　那是桑树地里的草，夏日里，总是肆意疯长。前面才锄尽，后面来一场雨，那草，又兀自刷啦啦冒出来，一冒一大片。这怎么行？草长高了，桑树就长不好了；桑树长不好，秋蚕就没法养了——而秋蚕，是母亲一年之中最大的进项。母亲急，所以没日没夜地守着那片桑树地。

　　蛇是在什么时候偷袭了母亲一口的，母亲全然不知。直到当鲜红的血染红母亲手中碧绿的草时，母亲才惊觉过来。她举起手看，右手中指上正汩汩地往外冒着血，旁有齿痕。也不过眨眼工夫，那根手指头就肿了起来。

母亲明白，她被蛇咬了。她到底有些老经验，顾不上疼，赶紧撕下一片衣襟，把右手的手腕处死命扎紧，而后还坚持着再锄了一把草。

民间有治蛇咬的偏方，母亲寻了去。被人用针挑破手，挑了二十多针，说是放蛇毒。针针牵心牵肺。母亲到底没忍住，号啕大哭。

这些，是父亲事后告诉我的。

一块加了黄药水的纱布，裹在母亲右手的中指上。母亲擎着这只受伤的手，又一刻不停地投入劳作中。猪啊羊的要吃草，母亲就得割草。苹果地里的苹果全熟了，风一吹，就簌簌往下落，母亲要紧着把它们摘下来。蚕豆还没熏仓，玉米地里的草也要锄了。还有两个风烛残年的老人——我的祖父母，需要照应。他们越来越老了，越老越糊涂了，他们会把洗碗的脏水，再倒进饭锅里。

母亲心里还有诸多难解的结，母亲的母亲，也就是我的外婆，躺在床上已好些时日，意识模糊。我的舅舅们不闻不问，母亲得三天两头跑过去，帮外婆擦洗身子。我弟弟在城里购房成家，房子欠下几十万的债。这个债务，如一块巨石压着母亲。母亲怨恨她自己没本事，让她的孩子跟在后面受苦了。

这样的母亲，注定了不能倒下。平常有个头疼脑热的，也总硬撑着。所以，这次被蛇咬伤，母亲也以为着，撑一撑，就会过去的。等我知晓，已是十天后的事了。

一般我每个星期会打一个电话回家，这次，不知为什么我竟十多天没打电话回去。我在自己的世界瞎忙着，看书、写作、外出讲座。那天晚上，我随意拨一个电话回去，是父亲接的。母亲守在一边，不时插上一两句话，言谈之中，都是欢喜的笑。我觉得心安了。母亲忽然轻描淡写一句，我被蛇咬了。我一惊，忙问，要紧吗？母亲说，还肿着，应该没事吧。并没表现出多大的痛苦。倒是父亲在一旁"告状"，说母亲闲不下来，手被蛇咬了，还脚不沾地地忙，连去换药的工夫也没有。

我的心疼疼地跳了一下，在电话里责怪母亲，你怎么不好好换药呢？母亲很听话地答应着，哦，明天去换。她突然扬声问我，乖乖，你什么时候回家来？家里的苹果都熟了，你喜欢吃的。

是不是很红很大？我在电话这头想象。母亲笑答，是很红很大，还很甜。我陡地来了兴致，我说，我明天就回家。

我就真的跑回家去吃苹果了。我到家时，母亲已挑好又大又红的苹果等着。看见我，满心欢喜，却绝口不提她的伤。

我在吃完几只大苹果后，才想起看母亲的伤的。那是怎样的手啊，手指头已严重弯曲变形，像树根盘结，里面涨满脓水。我看得心惊肉跳。母亲却一个劲儿地说没事。擎着她那只受伤的手，不停忙碌着。

我说不行，一定得送医院看看。母亲起初还犹豫着，说家里走不开。我不容她再多说，几乎是强行地把她塞进我的车里。

医院的走廊很长，充塞着消毒液的味道。不时有病人病快快地被人搀扶着从我们身边经过。母亲很紧张，她很依赖地让我牵着手，像个毫无主见的孩子。母亲的手，在我手心里，是凉的，骨骼毕现，硬得硌人。

给母亲看病的医生很年轻，却有一张极冷漠的脸。许是见多了血与疼痛，他对此已完全麻木。当我述说着母亲被蛇咬伤手指如何疼痛时，他只是面无表情地听。而后，动作近乎粗鲁地抓起母亲的手看。母亲疼得大叫。他责怪，知道疼为什么不早上医院？你看你看，都烂成这样了。这手指头，怕是没用了，要锯掉。母亲"哇"一声大哭起来，母亲说，我没了手指头怎么行？我还有那么多活计要做的。

由于受伤时间拖延太长，母亲的手，必须手术。我把母亲送进手术室，瘦弱的母亲，看上去像一枚衰枯的叶，孤立无依地，被关进手术室。等待的时间近一小时，其间母亲独立承受了什么我不知道，但她从手术室出来时，已虚弱得站不起来了。听医生讲，母亲的手指，被切割开来……

当时麻醉还未醒，母亲曲着右臂，倚在我身上，不住地喃喃，乖，我疼啊。给她吃止疼片，大剂量的。她还是嚷疼，眼泪糊了一脸。她说乖，你小时碰破一点皮，都要大哭的。我说，是的，我知道你疼。我轻轻抚她的背，像小时她抚我那样。我的眼泪流在心里，我不知道我的母亲，一生为什么要活得这么苦。

　　小时家贫，她是家里的长女，从记事起，就要到地里去劳动。穿没好穿的，吃没好吃的。嫁给我父亲后，父亲是家里长子，兄妹多。一大家子过着，母亲做了顶梁柱，帮父亲把兄妹一一领大。再加上我们几个孩子，每一张嘴都朝着她张着，都要喂食。等到我们长大了，母亲还不曾丢开手，哪个孩子日子过得不好，母亲都牵着心，半夜里睡不着，坐床上叹息。瘦弱的母亲，就这样熬干了年华。

　　把母亲从医院带回家，我要让她好好休息一回。我给她买了漂亮的衣换上，我给她洗头洗澡。母亲很是过意不去，不住地问我，乖乖啊，是不是耽搁你做事了？我说没有没有，我这不也闲着嘛。母亲看着我，还是很不安。

　　我学着煨排骨汤给母亲喝。这是我第一次给母亲煨汤喝。我把排骨的浮油沥尽，撒上葱末和姜丝，香香的烟雾腾起来。我在烟雾里回头，看到母亲倚着厨房门看我，一脸的感激。那顿排骨汤，母亲喝得一滴不剩。

　　晚上，安顿母亲睡下，我倚着床看一会儿书。可能是太劳累了，竟不知不觉睡着了。醒来时，瞥见母亲在灯下看我。她用那只没受伤的手抚我，边抚边喃喃道，乖乖啊，让你受累了。

　　我赶紧闭上眼，继续假装睡着，我不想让母亲看到我的泪。母亲一定是手疼难以入眠，一定的。但母亲没嚷疼，她记着的，永远是她的孩子。

　　这就是母亲。

倔　强

她一直比较倔强。倔强，是她用来对付父亲的。她的父亲，是个军人，军人的作风，让他脸上的威严总是多于温和。

小时，她曾试图用她的优秀瓦解父亲脸上的威严，她努力做着好孩子、礼貌懂事、勤奋刻苦。当她把一张一张的奖状捧至父亲跟前时，她难掩内心的激动，脸上有飞扬的得意。然而父亲只淡淡看一眼，说，还要继续努力。

如此的不在意，深深刺痛了她。她甚至怀疑自己不是父亲亲生的。她跑去问母亲，母亲抚抚她的头说，怎么会呢？生你的时候，你爸一高兴，从不喝酒的人，喝掉半斤二锅头呢。

哪里肯信？回头看父亲，父亲不动声色地在翻一份报，怎么看怎么不像一个爱她的人。

这以后，她总跟父亲对着干，惹得父亲对她频频发火。她不吭声，倔强地看着父亲，最终，是父亲先叹一口气，转身而去，脚步蹒跚。母亲曾哭着劝，你们父女两个，是前世的冤家么？

她想，或许是吧。

高中分文理科时，父亲建议她学文，那是她的特长。她偏不，选了学理。大学填报志愿时，父亲要她填师范专业。照父亲的想法，女孩子做老师，最理想不过了，安逸又安全。她偏不，而是填了少有女孩子报的建筑专业。气得父亲干瞪眼。

大学毕业那年，她有心回到父母所在的城市找工作。如果父亲很温和地劝她留下，她一定会留下。但父亲没有。她一气之下，跑到千山万水外去了。

一个人在外拼搏，很难。举目的陌生，更是让心多了几层薄寒。幸好遇到了张伯。

张伯在她所在的公司看大门，对她关怀备至。下雨天，他会给她留着伞。家里做了什么好吃的，他会用半旧的饭盒盛着，给她带了来。她吃着张伯带来的红烧排骨，含糊地问张伯，张伯，您怎么对我这么好？张伯笑了，张伯说，你像我女儿啊，我的女儿跟你差不多大，也在外地工作呢。那一刻，她想到父亲，心，突然很疼很疼。

母亲不时会给她寄东西来，吃的穿的用的，都有。父亲却不曾有只言片语来。她由此更坚定了，父亲，是从不曾爱过她的。她对自己说，不要去想他。

那日，张伯过生日，她买了一只蛋糕，去了张伯家。她受到了张伯老两口的热情接待，她陪他们一起包饺子，热热乎乎跟一家人似的。吃饭时，张伯一高兴，喝多了，对她说，丫头，你有一个好爸爸啊，他左一个电话、右一个电话来，拜托我要好好照顾你，说你性格偏，怕你吃亏哪。什么时候他来看你了，我一定要和他喝两盅。

她的惊奇无以复加。她问张伯，你怎么认识我爸的？张伯摇摇头呵呵乐了，说，我们也只是电话里认识，还没见过面呢。

一个真相，让她的心，顷刻间翻江倒海起来——张伯，是父亲战友的朋友的朋友。

原来，山路十八弯，通向的，是一个叫爱的地方。千万重山水，也阻隔不了，一个父亲的爱。

手指上的温度

坐在母亲的小院里晒太阳，冬天的太阳。

母亲的小院落，还是从前的模样。几十年了，无数个季节花开花落、星月流转，它却坚定地守在这里，等着我回来晒太阳。

母亲把炒好的南瓜籽捧出来给我嗑。夏天的时候，母亲的小院里，还有房前屋后，开满艳艳的黄花朵，是南瓜的花。秋天的时候，就看到很有些壮观的场景：大大小小的南瓜，睡在绿绿的叶间，像一个一个的胖娃娃。母亲吃不掉那些南瓜，母亲栽种它们的目的，也不是为了吃南瓜，而是为了取里面的籽。她把那些籽洗净、晒干、炒熟，就是香味四溢的南瓜籽。母亲知道她的孩子喜欢吃。

母亲的脚步声在院门外响起，胳膊肘里挎着篾篮，篾篮里是碧绿的青菜，蓬勃着。母亲不知打哪儿学到一句很时髦的话，笑眯眯地对我说，这是绿色食品。父亲跟在后面进来，也说，这是绿色食品，一点农药都没打过的。母亲回头，佯怒道，怎么我跑到哪儿你跟到哪儿，跟猫儿似的？

父亲就对我告状，说母亲老是欺负他。母亲不甘落后，也抢着告状，说父亲欺负她了。我问怎么个欺负法？两个人就都嘿嘿傻笑，说不出个所以然来，只嘟囔着说，反正欺负了。

心突地一紧，想起小时候，受了冷落，总是以这样的方式来引起父母的注意，到母亲面前告状，说姐姐欺负我了。母亲就会抱抱我、亲亲我。母亲的温度，通过手指头传给我，我小小的心里，会有暖流穿过，很舒服，很安定。

阳光绵软如絮。恍惚中，从前的那个小女孩长大了，而我的父母却小了，愿望只剩下那么一点点：只想不被我们几个儿女遗忘掉。

眼睛碰触到父亲的白发、母亲的皱纹，突然无话。记起回来时，曾在包里塞进一条烟，是带给父亲的。虽说吸烟有害健康，是我极力反对的，但父亲没别的嗜好，就好吸两口。我所能做的，也就是顺了他的喜好，让他开心。

父亲得了香烟很得意，跑到母亲跟前炫耀，他晃着那条烟馋母亲，说，丫头带给我的。其神态，像意外得了宝贝的孩子。

母亲不乐意了，跑过来，对我摊开双手说，我也要。我觉得好笑，我说你又不抽烟，要烟做什么？但我还是低头到包里一通翻找，我找出一盒巧克力，是单位同事结婚时发的喜糖，我随手搁包里面了。我把巧克力拿出来给母亲，母亲又惊又喜，把那盒包装精美的巧克力托在掌上，看了又看，然后举到父亲跟前，馋父亲，看，丫头还是最宝贝我，送我的东西比送你的好看。

午饭过后，我回城里。半路上，到包里掏纸巾擦手，手触到一个纸盒，掏出来，竟是我给母亲的那盒巧克力。不知何时，母亲又把它悄悄塞回到我的包里面，上面的包装都未曾动过。

谁是守在你身边的那个人

那些日子，对他来说，是天昏地暗的。与人合伙做生意被骗，血本无归外，还欠下十几万的债。不甘过清贫日子的妻，投入他人怀抱。他日日外出买醉。酒醒时，他已睡在自己的房间里，身上盖着轻软的被，枕巾上散发着好闻的香皂味。房间的窗帘，半拉着，外面的光线透进来，一些微尘，在光线里跳着舞。他对着那些微尘发呆，他不记得日子是如何轮转的，前路茫茫复茫茫，他让自己陷在冥想中。

家里静。母亲总是轻手轻脚的，生怕惊动他。母亲洗衣、做饭、掸尘……母亲的身影，有些蹒跚，一条腿好像出了问题。他有点疑惑，但到底什么也没问。他想，母亲整天待在家里，能有什么事呢。

那日，一个平时疏于往来的朋友突然造访，盛情约他外出散心。母亲表现得比谁都积极，怂恿他，去呀去呀，出去玩玩呀。忙着给他打点行装，跛着一条腿。他狐疑地看看母亲的腿，母亲感觉到了，笑笑拍拍那条腿说，老毛病了，关节炎呢。他什么也没说，转移了视线。

半路上，他和朋友停在路边饭店吃饭。他照例要了一瓶烈性酒，买醉。朋友拦住他，说，你别再喝了，为了你的老母亲。

母亲怎么了？——昏天黑地的日子，是她一直陪在他身边。他出去喝酒，母亲远远跟着，他喝多久，母亲就在门外守多久。他醉了，是母亲把他背回家，一路跌跌绊绊。躺在床上，他满床上呕吐，是母亲给他清洗，给他换上干净的被子枕巾。那一次，他又喝得酩酊，母亲去搀他，被他随手一推，母亲摔倒了，腿磕到椅脚背上，青紫一片。朋友找他散心，亦是母亲的主意，是母亲一趟一趟跑来恳求，打动了朋友的心。

他举着的酒杯，就那样愣在半空中。他对朋友说，我们回去吧，我想回家了。

是母亲开的门。母亲的惊诧里，有不安，母亲小心地问，怎么回来了？是玩得不开心吗？他说不出话，只呆呆注视着母亲，发现母亲又苍老了一轮，背也有些驼了。他张开双臂，紧

紧抱住了母亲。

母亲的泪，洇湿了他的衣。他的泪，滴在母亲的发里面。混沌的日子，被这场泪洗得澄清，他望见自己的不堪，有些羞愧，于是更紧地拥抱了母亲。他听见母亲含泪的笑，他也笑了。

他知道，这世上，无论他是得意的还是失意的，母亲都将永远守候着他，不离不弃。

爱的标准

————

∶

　　他和她，真的是吵了一辈子。每次吵起来，他都两眼通红，像头暴怒的狮子。而她，则低了头啜泣，像只受伤的小绵羊。

　　他们育有一儿一女。一儿一女渐渐长大成人，且都很出息了，一个北上北京，一个南下深圳，分别在两个繁华的城里安了家。

　　他们却还是吵，为着一点小事，往往吵得不可开交。一儿一女看不下去了，在北京的女儿提出，孩子小没人照应，找保姆带又不放心，要母亲过去帮她带孩子。在深圳的儿子提出，他整天忙于打理生意，偌大的房子，没个人照应是不行的，要父亲过去帮他看房子。

她和他，便一北一南地分开了。

女儿很孝顺，买许多新衣裳给她穿，买许多好吃的给她吃，还带她满北京城逛着玩。儿子也孝顺，除了让他吃好穿好外，怕他寂寞，还帮他入了当地的老年人协会。老人们常聚在一起娱乐，吹吹拉拉弹弹唱唱。他们表面上，过得都很快乐。

但这样的快乐，不过持续了三两个月。先是她病了，四肢无力，提不起劲来。继而，他也病了，整宿整宿地失眠。

他知道她生病了，在电话里咆哮，你怎么搞的？怎么不注意自己？神态凶巴巴的，是恨不得穿过电话线，把她生吞活剥了。

她听了，什么也不说，就哭起来，眼泪跟断线的珠子似的，止也止不住。

女儿就怪罪做父亲的，说，爸，妈都生病了，你还这么气她。她却喃喃对女儿说，你不懂你爸。

儿子也埋怨父亲，说，爸，你就管好你自己吧！妈在北京，自有妹妹照应的。他瞪了儿子一眼，说，你根本不懂你妈。

她的病继续在加重，后竟发展到茶饭不思的地步。

他的失眠也与日俱增，后竟发展到夜夜难寐。

女儿束手无策，俯在她耳边问，妈，你现在最想做的事是什么？她想也没想，就说，想见你爸。

儿子急得团团转，问他，爸，你夜里睡不着的时候，到底在想什么？他想也没想，就说，想跟你妈再吵吵架。

无奈，女儿送她回，儿子送他回。他们在老家相聚了。才一见面，他就对她嚷开了，老太婆，你瞧你现在像个什么样，鬼都会嫌弃你！她听了，又有泪流下，却是笑着的。

他们留在了老家，外面再多的锦衣玉食，他们也不肯再去了的。他们对一对儿女说，谢谢你们的孝心，我们俩更愿意守着老家，直到死。

这以后，他和她，也还是吵，她却不再茶饭不思，他也不再失眠。他们活得如鱼得水。

有时，你真的不能用一种爱的标准去衡量另一种爱。有的爱，你不是当事人，你根本就不能懂得。

老 屋

——

∶

　　老屋黑乎乎的，生病的太婆躺在里间，她指着不远处的桌底下，呓语般地对家人说，看啦，鱼在跳，那么多小鲫鱼啊。

　　1979 年的天空，不明媚，日子还穷，家里拿不出好吃的。久病的太婆，嘴里没味，想鱼吃了。而鱼，只在过年时才有。

　　那时，我们一家九口人，挤在三间茅草屋里。冬天的夜晚，风呼呼刮过来，刮得窗户纸哗啦啦。真冷。煤油灯的影子，在墙上晃啊晃，母亲在灯下缝补衣裳，一屋子晕黄的光。

我们兄妹几个争抢着一个小脚炉，那里面，有星星点点的温暖在跳跃。突然，从村东头传来尖利的呼叫声，救火啊！声音继而变得芜杂，吵吵嚷嚷，很快的，一个村庄沸腾了。父亲说，不好，哪家又失火了。爬起来拿了脸盆就往外跑，他去救火。

村子里的人家，一律的茅草房，土灶搭在屋内，烧饭是半大孩子的事。孩子粗心，稍不注意，灶膛的火星子，掉到灶门口的草上，就会引发一场大火。每年冬天，都有人家被烧得一无所有，呼天抢地的。幸运的是，我家的老屋，一直安然无恙，庇护着我们的饥寒。

1983年，喜欢弹弹唱唱的父亲，倾尽老屋所有，捧回一台收音机。一场大雨后，我们踩着水洼子，放学归来。空气中，是湿漉漉的青草的味道，碧空如洗。我们人还未到家门口，远远望见老屋，觉得不一样了，那么洁净，屋顶上，每一根茅草，都被雨水洗得发亮。更让我们发怔的是，从老屋里，竟传出歌声来，高亢的女声，伴着乐曲，是首《洪湖水浪打浪》，那时正流行。兴奋地冲回家，一屋的人，正围着一个木匣子说话。我们认得那是收音机，在城里亲戚家见过。心里别提多激动了，伸出手去，不敢碰它，生怕一碰，它就会坏掉。邻居驼背奶奶要回家做晚饭，边走边冲着收音机说，姑娘，别唱了，歇一会儿吧，再这样唱下去，嗓子会唱坏的。父亲笑呵呵地跟驼背奶奶解释说，只要有电池，它会一天24小时唱的。收音机后来成了我和姐姐的宝贝，我们抱着它，听评书，听越剧，穷日子过得天天鸟语花香。

电视机走进老屋，是在 1986 年。父亲和叔叔合包了一家小窑厂，用砖头向别人换了一台电视机回来，黑白的，十四英寸。电视天线搭在门口的桃树上，收到的台并不多，也就三两个。那时正热播连续剧《京华春梦》，偏偏电视信号不好。弟弟把天线拨弄得像只要飞的蜻蜓，我们看着电视里的雪花，一会儿变多一会儿变少，急，叫道，好啦，再调一点，好啦。有时碰上停电，满场等着的邻居们，恋恋不舍地一个一个离去，电视寂静了，老屋寂静了，寂静得我们想哭。我们多想每天看着电视，一直看到电视里说："亲爱的观众朋友，再见。"然后，一片雪花白。那时的愿望没出息得很，就是希望将来有一

天，能买一台大一点的电视机，不停电，天天看到雪花白。

后来我外出读书，在外工作，老屋仅成了偶尔回去歇歇脚的地方。每次回家，都觉得老屋又矮了一截，又苍老了一些。穿着高跟鞋，再踮一踮脚，就能摸到它的顶了。疑惑着，当年，九口人怎么挤在这老屋下过日子的？

父亲着手砌新房子，已是20世纪90年代中期的事了。村子里，许多人家的房子都翻新了，甚至有人家盖了楼房，茅草房越来越少见。父亲跟着邻居种植大棚西瓜，手上有了几个闲钱，他捂不住了，着手往家里搬砖搬瓦。不久，在老屋的前面，竖起了五间大瓦房，还另盖了两间小阁楼。照父亲的意思，他和母亲，也要享受住楼房的滋味。

老屋却一直没拆，父亲用它做了粮仓。在新房子的衬托下，它越发显得矮小衰老，仿佛历尽沧桑的老人，坐在它的暮色里。父亲看着它，眼神温柔，父亲说，留着它，有个想头。老屋沉默不语。岁月深处，它与我日渐年迈的父母，温暖相依。

比时光更坚强

————————

:

　　他出生的时候，亲人们还不曾来得及欢喜，就跌进了深不见底的冰窟窿中——他居然，是个脑瘫儿。前路遥遥，漆黑一片，不见一丝光亮。

　　痛得最锥心的，是他的母亲，那个叫陈立香的女人。十月怀胎，有过多少美好的想象啊！想象他的帅气与聪明，想象他的活泼与可爱，却从不曾想过，他会脑瘫。

　　无数的日夜，她对着他，泪流成河。他却无知无觉。两岁多了，还听不见声音，不会说话不会走路，眼睛斜视嘴巴歪着……

她抱他入怀，肌肤贴着肌肤，有种奇异的感觉，穿心而过。那是他传递给她的温度。即使他痴着傻着，他依然是她最疼的骨肉。

母爱在那刻长成参天的树。她为他，辞去工作，专门回家带他。她给他唱儿歌、背唐诗、讲故事……日子一天叠着一天，日月轮转。她在日月轮转里，早早地白了头，却有一个信念不倒，那就是，她宝贝的意识只是睡着了，她会唤醒他。

她真的唤醒了他。他开口说话了，虽然吐字不清，可在她听来，不啻天籁。后来，他又开始学走路了，一步一步，每一步的迈进里，都有她虔诚的欢呼和期待。到达上学年龄，她做出重大决定，要送他去上学。

所有人都觉得不可思议，他虽然可以说话可以走路了，但行动并不利索，与同龄孩子的伶俐相比，相去甚远。有人劝她，"别折腾了吧，他现在勉强能说能走，已是最大造化，你还要怎的？"

她却坚定着自己的坚定，一定要让他读书识字，让他和其他正常孩子一样。费尽周折，她把他送进了学校。

从此，他一个人独自背着书包去上学。一路上，他摔过不知多少跟头，她就在后头跟着，却狠着心不去扶他，一任泪水在她脸上肆意流。

他手握不住笔，她想尽办法，用布条子，把笔缚在他手上。于是纸上留下一道一道歪歪扭扭的线条，那是他写的字。

她看着笑了，在她眼里，那是盛开的花瓣……

一路千山万壑走下来，这一走，就是二十年。二十年的时间，足以磨平许多耐心。她却一直没有放弃，时时守在他身边，一点一点为他积攒，那束叫作希望的炭火。终于在他二十岁那年，那些炭火，化作熊熊大火燃烧——他考上大学了！

他进大学读书时，有记者得知他的经历，很感动，特地采访他。他激动得脸憋得通红，讷讷半天，在一张纸上深情地写道："感谢妈妈！"

她知道了，热泪长流。

二十年的含辛茹苦，这世上，除了母亲，谁还能做到这样的坚持？

风和日丽

······

　　女人的经历还是很坎坷的，三岁时失了父亲，七岁时又失了母亲。好不容易熬至成人，嫁得如意郎君。也真的过了一段安稳和乐的日子，丈夫对她好，她对丈夫好。虽说也是小家日子小家过，但因他在、她在，日子便过得很有滋味。

　　女人喜欢用碗种太阳花，这是个很古怪的做法。碗是家常的碗，粗瓷的，便宜的时候，一块钱能买两个。她一碗一碗种着太阳花，这碗谢了，那碗又开了。从春到秋，她的小家，便都姹紫嫣红着。

丈夫曾好奇地问她为什么要用碗种花。她跟他讲过去的种种，没爹没娘的孩子，受过别人的欺负与冷眼，记忆里有太多不堪。唯一温暖她的，就是瞎眼的祖母种的太阳花。破了的碗，祖母舍不得扔，就在里面种花。花开好的时候，是一碗的绚烂。一小朵一小朵的花，像热闹的小粉蝶。

祖母看不见花，但祖母知道花开了。祖母叹："多好看哪。"然后拍拍她的小手背，说："记着，孩子，好死不如赖活着，忍忍，忍忍就过去了。"祖母的脸上，波澜不惊。

丈夫听得动容，怜惜地把她拥进怀，对她承诺："从此，你不必再受苦了。"她幸福地点头。

两年后，他们有了孩子，是个活泼可爱的男孩，小日子莺歌燕舞。女人很满足。

一日，女人和丈夫、儿子一起上街买菜，回来的路上，却遇到一场车祸。丈夫留恋地看她一眼，就咽了气。孩子却连睁眼也不曾有，就去了另一个世界。女人自己，也因这场车祸，失去了一条腿。

女人万念俱灰。那些日子，她躺在床上不吃不喝，只靠输葡萄糖维持生命。女人想得最多的是，早点结束生命吧，早点去与丈夫儿子团聚。

女人的瞎祖母这时来了。老人迈着细碎的步，摸索着天天给女人的床头换花，都是碗种的太阳花，花开得绚烂热烈。有天，老人坐在女人的床头，布满青筋的手，轻轻抚着女人的手背，对着一碗太阳花叹："多好看哪。"女人的泪，终于流下来。

女人活过来了。在身体恢复得差不多的时候，她出了一趟门，回来的时候，手里多了一个小女孩。小女孩三四岁的模样，圆脸，长得很可爱。听人说，小女孩是那次事故中另一方的。那日，女孩父母的车，撞了女人一家之后，又冲上路边栏杆，女孩父母当场死亡。坐在车上的女孩，只擦破一点点皮，竟安然无恙。

没人去找女人核实，到底是不是这回事。大家看到女人时，都满怀敬意地微笑。也很疼那个小女孩，谁家有好吃的，都会送她一份。女人无以为报，就送大家她种在碗里的太阳花。

现在，女人收养的那个小女孩，已长大了、上学了，跟女人很贴心。女人的瞎祖母，身体也还硬朗着，被女人接来一起过。女人的手很巧，学会很多手工，花样复杂的线衣，她闭着眼睛也能织。所以，送手工活给女人做的人很多，女人的日子，便显得很宽裕。闲来，女人还是喜欢在碗里种太阳花，一碗一碗的，置在窗台上。

第二辑

那些值得幸福的事

你的记忆中，一定住着这样的人——他们或许与你只是萍水相逢，或许只是擦肩而过，却给你留下了抹不去的痕迹，久久长长。那是生命底处散发的光芒。

青　藤

———

：

　　青藤在我租住的小院子门口蹦跳的时候，是八九岁的模样。

　　那时，我刚调进城里，没有住处，便租住在城郊的房子里。那儿，天空开阔，植物繁多，这是我喜欢的。

　　第一天入住，青藤就来了，穿一件碎花小短衫。短衫很旧、很脏，看上去灰不拉叽的。她的小脸蛋，亦是脏脏的、灰不拉叽的。两只圆圆的小眼睛，却格外清亮，像两颗晶莹的露珠。她在院门口一个人唱，一个人跳，自个儿玩得挺高兴的，不时拿眼偷偷瞄瞄在院子里忙碌的我。

我跟她招招手，她稍稍愣了一下，便小羊儿似的跑进来，仰头冲我就叫，姑姑。

姑姑，我叫青藤，你以后就住在这里吗？她问。

真是个奇怪的小姑娘，她没叫我阿姨，而是叫姑姑。想来在她的世界里，姑姑是比阿姨亲的。

我拿出果脯招待她。她显得很意外，吃惊地看着我，睁着水汪汪的眼睛，在我脸上扫来扫去，犹豫地伸出她黑黑的小手，不确信地问，姑姑，真的是给青藤的吗？

当然是真的，我摸摸她的头。她细细的头发，摸上去，像柔嫩的茅草。

她接下果脯，咧开嘴笑了，说，谢谢姑姑，姑姑真是个好人。她伸出小舌头，慢慢舔着手心里的果脯，一边天真地问我，姑姑，这是什么呀？怎么这么好吃？我告诉她，这是果脯，是果子晒干了后，用糖腌制的。她说，哦，果脯，果脯。

我跟青藤，就这样相识了。打那以后，只要我一打开院门，总见青藤在我的院门外玩，一见我，就高叫着姑姑、姑姑。我想你了姑姑，我好想你呀，青藤说。不过小半天没见，她就如此"夸张"，像粘人的小猫。

她不再要我招呼，就跑进院子里来，我抹桌子，她抢着帮我抹。我拖地，她抢着帮我拖。一张小嘴，吧吧个没完，俨然把我当成她最亲近的人了。她告诉我，她没有妈妈。我一惊，问，怎么会没有妈妈的？

妈妈不要我了，妈妈走了，她答得异乎平常。我的心揪了揪，问她，想妈妈吗？她摇摇头说，不想。

妈妈没有姑姑好，她突然冒出一句。

门外有人叫，青藤，快家去，你老子回来了。

青藤听到叫，立即表现得很惊慌，她忘了跟我告别，一溜烟跑了。

邻居这时站到我的门口来，笑了，说，是我哄这丫头的。这丫头脑子不灵光，她老子好酒，喝多了就打她。

青藤的身世，零星从这个邻居口中得知：她生下没多久，母亲就丢下她，跟人跑了。她是小姑姑用羊奶喂大的。脑子却缺一根弦，八九岁了，十个数字还识不全。她父亲多病，又好酒，家里穷得叮当响。时常接济他们的小姑姑，去年冬天又得病死了。

青藤再来，我给她预备了一些零食吃，在我，是怀了深深的同情的。青藤欢喜得不知怎么报答才好，她一个劲地冲我说，姑姑，你真是个好人。她抢着帮我倒垃圾，抢着帮我晾衣服，还跑去野外，采来野花送给我。

我把她送的野花，郑重地用瓶子养着。青藤看见了，备受鼓舞。改日再来，必带来更多的野花。有时，我在午睡，听到院门外，青藤在唱歌。唱的什么，我一句也听不懂，青藤快乐着她的快乐。我若不理她，她会一直唱到我开门。见着我了，举着野花欢天喜地冲我叫，姑姑！

我问，青藤为什么不上学呢？

青藤低了头，不好意思地揉搓着衣角，小声说，青藤笨，青藤不识数。

那青藤想不想上学呢？

青藤就一副深思的样子，深思半天，告诉我，爸爸说，明年，明年送我上学。

与青藤的父亲照过一面。病快快的一个男人，脾气却大得惊人。他站在巷口，声嘶力竭地叫，青藤，你死哪儿去啦？

一天，青藤很兴奋地跑来告诉我，她爸爸答应她，明年，等她过十岁生日时，会带她去城里的饭店吃饭。姑姑，城里的饭店大不大？青藤很向往地问。姑姑，你也一起去好不好？青藤热情地邀请我。我说，好啊。青藤便高兴得有些发晕，她满巷子里来回跑，嘴里噢噢噢地叫着。

这年冬天，我搬离了那里，再没见过青藤。几年后，我偶遇到当年的房东，问起青藤。房东说，青藤的父亲病死了，青藤离开了家，他也不清楚她去了哪里。

曾经有人喜欢过

——————

：

在二十岁之前，艾小青绝对是自卑的。女孩子没一个不爱美，张爱玲在四五岁时就发下宏誓，八岁要梳爱司头，十岁要穿高跟鞋。艾小青也不例外。她在四五岁时，拿着母亲的口红，往嘴上涂，结果涂成了大花脸。出门去，邻居阿婆看到，笑笑拍拍她的头，怜惜地叹，丫头，你咋长这么丑？小眼睛厚嘴唇的，皮肤也黑，也显胖。

听着，心里有小小的难过。但那时，到底年幼，并不太在意别人的眼光，自顾自玩得很快乐。

然而，人总是要长大的。艾小青渐渐知晓，长得不好看，对一个女孩子来说，不亚于一场灾难。小学里，别的女孩子穿上白裙子，在舞台上，扮着白天鹅，她只能做她们的陪衬，扮扮小青蛙。初中二年级，学校元旦文艺会演，他们班有个合唱节目，老师觉得她的嗓子不错，把她选进去了，她为此兴奋了好几天。等她穿上白衬衫、红裙子，自以为漂亮得很了，站到老师跟前，老师皱着眉头端详了她好一会儿，最后还是把她撤下，另挑了个漂亮的女生进去。

高中时，一屋的同学，热烈地谈论着考上大学后的种种。漂亮的女生，不是被认定去当主持人，就是被认定会去做高管。突然一男生指指在角落里看书的她，说，艾小青，你以后顶适合做厨师了。

她知道那只是玩笑话，但还是被伤得不轻。暗地里亦曾努力减过肥，一天只吃少量饭食，结果，没瘦下来，反倒因营养不足，身体过度虚弱，差点送了命。她认命了，想着，丑就丑吧，好在，书不会嫌弃她。她自此沉默下来，只与书为伴。高考时，她毫无悬念地考上一所名牌大学，轰动一时。因为在她之前，那个小城，从没有人能考出她那样的好成绩。

大学里，她依然沉默寡言着，喜欢独来独往。没有人能走近她，她也不走近任何人。校园里每天都在上演着风花雪月，女生们一个个，都是绚丽的凤凰花，她却做着一棵低到尘埃里的草。不是没有心动过，相遇的眼神，是那么让她慌乱，可是，又怎样呢？她哪里有勇气对别人说喜欢。她把头埋在图书馆里，埋在实验室中。看不见的伤痛，如一团燃烧的火，于午夜辗转时，一下一下舔着她的心。

二十岁生日那天，只母亲打了个电话来，再没有别的人给她一声祝福。她独自携了本常看的书，去蛋糕店买了一块小蛋糕，坐到路边公园的一角，一边吃蛋糕，一边看书。书里突然掉出一张信笺，天蓝色的，上面撒满碎碎的小白花。她很吃惊，天蓝色是她喜欢的颜色。这张信笺，显然是经过精心挑选的。信笺上的字，很飘逸：

艾小青，你是个很独特的女孩子，你身上氤氲着极浓的书卷气，我喜欢你。祝你生日快乐！

她耳热心跳，忙忙看底下的署名，却只看到这样一行字：一个默默关注你的人。她握了那张信笺，觉得天蓝地好，样样都好。

她也曾试图循着蛛丝马迹，找出那个写信笺给她的人。无果，她也就放弃了。她不再低头走路，而是昂起头来，让清风吹过脸颊。偶尔也逛逛时装店。一次，她买一条天蓝色的裙子穿上，同宿舍的女生惊叫起来，艾小青，你穿这条裙子真好看，像朵蓝莲花。她笑了，原来，所有的青春，都是美丽的。

若干年后，艾小青事业有成，家庭幸福。她时常会翻出那张天蓝色的信笺，看上一看，想上一想。她永远感激那个路过她青春的人，他看到了她的好，且没有吝啬他的赞美。这对于那时的她来说，真的很重要。

一折青山一扇屏

·

    遇见那个守林人，是在一个秋日午后。我没想到，旷野之中竟有人家。那时候，他正弯腰在两间简陋的棚屋前，埋头刨一截木头。他身后的棚屋顶上，爬满开得好好的扁豆花，朵朵明丽。屋檐下的瓦缸里，长着一瓦缸的葱，盈盈生绿。棚屋前的晾衣绳上，晾晒着红红蓝蓝的衣裳。一条黑狗，趴在屋旁，眯着眼在打盹。听见人来，它抬起头，惊诧地打量一番，没叫，复又眯起眼打盹。

    我是去寻竹的。竹这种植物，我从小亲近。小时，家里茅草房背倚着的，就是一片竹林，堆着厚厚的墨绿。每天放学归家，还隔着老远，那堆墨绿就率先扑入我们的眼帘，心里很高兴，脚步也不由得加快了，哦，到家了。有家在等，是大幸福。几十年过去了，这种幸福感还在。

城里无竹。听人说海边的林场有，于是，我和那人驱车百余里，去林场。海边，天高地阔，各种植物相安无事地生长，白杨树、杉树、银杏、刺槐……成片、成林、成海。有牛在林中的草地上，或卧着，或站着，一脸的安详样。星星点点的小野花们，遍布草间。居然发现一大块野葵地，无人欣赏，野葵们就那样开得兴兴的，朵朵金黄。古人云，天地有大美，大美无言。诚然如斯！

守林人见到我们，并不惊讶，他继续埋头刨他的木头，木头花落了一地。风吹过，不远处的竹林，发出沙沙沙的和鸣。

我们守在一边看半天，到底敌不住好奇，问，你刨这个做什么用呢？

他答，想做个灯笼。

灯笼？我望着他手中那一截木头，怎么也不能把它与灯笼联系起来。

做着挂了玩的，装饰装饰，守林人见我们一脸狐疑，他伸直身子，笑了。伸手一指他的棚屋窗口，呶，就挂在那儿。

我家女人说，一定好看。他补充道。

他父母早亡，孤身一人，一直在海边护林，远离闹市。也曾企盼过有个家，在外奔波累了，回家能有顿热汤热水喝。然

这样的期盼，终究落了空。一晃也就四十来岁了，有人忽然牵线搭桥，他认识了现在的女人。女人是贵州人，在婚姻中受了伤，不愿再回伤心地了，带着一个五六岁的小姑娘，想在这里寻到一个老实人，安安稳稳过日子。

见面之前，他的情况，女人都听人说了，女人不介意。女人只问他一句，你会对我和孩子好吗？

他木讷，不会说话，结巴半天才憋出一句，我有一碗粥吃，我肯定分你们大半碗。这是他能给予的爱，更多的落在实处，供她温饱，让她安命。女人听了，愣愣地看着他，哭了。

他们开始在两间棚屋里，生长着属于平凡人的幸福。小姑娘很快跟他熟络，一口一个爸爸地唤他，亲热得不得了。女人的脸上，渐渐浮上笑容，她屋前屋后拾掇着，有打算要跟他一辈子过下去的架势。

这些扁豆，还有这些葱，都是她种的，守林人伸手一指屋顶上的扁豆，和瓦缸里的葱，嘿嘿笑了。复低头，在刨好的木头上雕刻。这个秋天，小姑娘被送到几十里外的集镇上去读小学，他在集镇上租了房，让女人跟着去照应。每个周末，他早早在家备好饭菜，再开了摩托车去接她们，一家人一起回到这海边来。

四野寂静，只听见守林人雕刻木头的声音，细细碎碎的，如鸟在啄食。阳光照着这一寸温暖的土地，扁豆花们兀自开着，葱们兀自绿着，这多像森林里的童话。我无端想起清朝刘嗣绾的诗句：一折青山一扇屏。在诗人，是有感而发，眼前青山翠微，秀美如屏，让他迷醉。我想的是，青山也好，这尘世里的一草一木、一人一花也好，有多少都守在自己的一隅，你看见，或者没有看见，它们就在那里，寂然欢喜，温暖美好。

你在等着谁

·

朋友远去辽北乡下一所小学支教。两年后，她回来，跟我聊起那里的事，很是留恋。那里的天空，总是纯蓝纯蓝的，不见一丝杂质。校园里，辟着几大块蔬菜园子，长满胳膊粗的白萝卜。石头垒成的院墙上，终日里爬满牵牛花，开得又率真又热烈。

让她留恋的不止这些，还有那些纯真的孩子，比如那个叫芒豆的，朋友说。

起初，她根本没有留意过那个孩子。他不在她所教的班

级。但她知道他,因为办公室的同事,常拿他作谈资。读小学
三年级了,自己的名字还不会写,做作业全是画圈圈。一次课
堂上,老师让用"里面"这个词造句,他造的句子竟然是:水
里面有狐狸。惹得全班哄堂大笑,一时传为全校笑谈。大家遇
到他,都逗他,芒豆,水里面真有狐狸吗?他肯定地说,有,
还有大灰狼。大家笑开了,一致认为,这孩子弱智。

他的身世却令人叹惋,三岁上,母亲出车祸死了。父亲
很快再婚,他有了后妈。后妈不待见他,把他一脚端给年迈
的祖父。祖父体弱多病,无力照顾他,他成了草芥一棵。一
帮少年顽劣,拿他当猴耍,放学的路上,让他趴在地上学狗
叫。大冬天的,把冰疙瘩放他脖子里,他也不恼,还一个劲
儿地嘿嘿傻笑。

一个周末,朋友在校园里遇见他。他正趴在一堵院墙
上,对着一朵牵牛花唱歌。歌声乱七八糟的,太阳照着他,
他小小的影子看上去,很是瘦弱孤单。几个孩子,打打闹闹
从他身边跑过去,雀儿似的,欢声喧喧。——这样的热闹,
似乎与他无关。

朋友的心里,掠起一丝怜悯。她的手,触摸到口袋里的几
块软糖,那是办公室的同事给的,她不喜欢吃糖,随手搁口袋
里了。她掏出那几块软糖,招手叫那孩子下来。孩子显然被惊
到了,他站在原地,呆呆地看着她。朋友冲他笑了,你是芒豆
吧?来呀,到我跟前来。孩子磨磨蹭蹭走过来,一边不确信地
问,老师,你是叫我吗?朋友笑了,拉过他脏脏的小黑手,把

那几块软糖，放到他的手掌心。

孩子张大嘴巴看看手掌心的糖，再看看朋友，不知所措起来。朋友温声细语说，芒豆，别怕，这是给你的，你吃吧。孩子的眸子亮起来，他连糖纸也未剥，就塞一块到嘴里，使劲咽一口唾液，仰起脖子对朋友说，老师，好甜啊。朋友只当他好玩，拍拍他的头，笑笑走开了。

让朋友没想到的是，打那以后，这个孩子，天天守在校门口等她。每次看到她，孩子总表现得很激动，像久别重逢般的，跑到她跟前来，脆脆地叫一声，老师好。然后飞快地跑开。朋友起初也没介意，以为那只是碰巧遇到而已。

一天，朋友因有事耽搁，来晚了。那时，教室里的课已上到一半，整个校园静悄悄的。却见那个孩子站在校门口，朝着她来的方向眺望。冬天风冷，他的小脸蛋，被吹成一只褶皱的红苹果。朋友有些惊讶，远远问他，芒豆，你怎么没去上课？守门的老人这时接话了，说，这孩子不听话，不让他站这里他偏要站，他说他在等人。孩子不理守门老人，他欢快地跑到朋友跟前，仰起小脸蛋，脆脆地叫了声，老师好。还没等朋友反应过来，他已转身跑开去了。——原来，他一直在等的人，竟是她。

朋友愣在那儿，眼睛慢慢湿了。这个叫芒豆的孩子，一直在用这种方式，报答着她随手给出的几块糖的甜。

生命的气息

·
·

　　倪小菊走进大山深处时，是怀着决绝和悲壮的。她随身携带的包里面，安静地躺着28粒安眠药，一粒是一岁人生，28粒，契合了她28年的人生。她是决计要逃离的，逃离到一个没有苦痛的世界去。那里，日日艳阳天。

　　没有退路可走了。来时，她把宿舍里最值钱的东西——一台电视机，送给了房东。房东愣得半天回不过神来，说，干吗呀？倪小菊说，我要走了，不需要了。她说这话的时候，轻浅地笑了笑，脸色是平静的。房东以为她遇到好事了，房东说，那恭喜你啊。倪小菊没再说什么，笑一笑，回头望了望她住了三年的房间，窗梢上，还挂着那只米老鼠，柳源送的。曾经，无数的夜里，它是她唯一的暖。

回忆总是要碰撞到那日那人。她的公司休假，她无处可去，就去了老乡那里。老乡在一家玩具厂打工，她到那里时，一堆人正热闹着，业务经理柳源从外地的玩具厂考察归来了，扛了几大包的玩具带回来。他把玩具一一分发给女工们，大家争抢着看，这个手里一只兔子，那个手里一只熊猫，花团锦簇。她灰不溜秋地站在她们的圈子外，觉得真是多余。

她跟老乡打了声招呼，转身要走，却被柳源叫住，哎，你。柳源是这样叫的。她开始没反应过来，转头，柳源又叫一声，哎，你。柳源把手上最后一个玩具——一只米老鼠，送给了她。

天空中的阳光，哗啦啦全部倒进她的心里面。她的脸，在一刹那间绯红。她抱着米老鼠，像抱着一团温暖的火。从小到大，谁在意过她？谁给过她礼物？没有的。父母是老实巴交的农民，踩死只蚂蚁，也要念若干声阿弥陀佛。被人欺负了，只有忍气吞声的份儿。看到谁，都送上谦卑的笑。家里还特别穷，过年时割块肉吃，母亲也要念叨半天，费钱了。她在这样的家庭里长大，没有一天舒畅过。偏她又生得貌不出众，不但不出众，还丑陋了，胖、黑、还有点龅牙。

成长的过程，那么痛，她忍受了多少的白眼与不公，咬着牙读书。家里本是不给她读的，负担不起。她就自筹学费书费，很小的年纪，就去石场打工。实在没钱的时候，她去卖过血。也终于熬出头了，从乡村，走进城里，在一家大公司，找到一份不错的工作——公司内刊编辑。虽说面试的时候，人事部门的经理，对着她的长相，皱了半天的眉头。可好的是，当时老板的夫人刚好在场，瞟她两眼，就拍板要下她。这样的女孩子进公司，她放心。夜半时分，倪小菊回顾来时路，前尘烟绝，步步带着血痕。她抱枕泪落。

都说女孩子的青春，是一树繁花，开得密匝匝的。倪小菊的青春，却是一株荒野的小草，没有暗香。经人介绍，也相过几次亲，却都有始无终。二十六七岁了，还是身也孑然影也孑然。也渐渐地收起一颗波澜的心，平静了，认命了。

可是，柳源无意送出的那只米老鼠，却让倪小菊平静的心，再起波澜。萍水相逢，他很温柔地叫住她，哎，你。她的感激，是在那一刻诞生的，这个叫柳源的男人，成为了她生命中的第一个。

她后来，有事没事爱去找老乡，找的次数多了，老乡都有些烦她了，她也不介意。她从老乡那儿，知道了柳源的很多，知道他单身。知道他是四川人，爱吃辣。知道他爱穿什么牌子的衣裳。知道他乒乓球打得很好，还喜欢哼两句京剧。她原先是那么讨厌京剧的，因柳源的喜欢，她买了很多碟片回来听，听着听着，她也会哼了。

自然会"遇到"柳源，她主动跟他说话。他对她点点头，问，哪个车间的？她说，啊，不啊，我是某某公司的。那公司的名头不小，柳源自然听说过。柳源就对她多看了两眼。

交往就这样开始了，她跟他聊四川，那里的风土人情，她竟全知道。她跟他谈衣服的品牌，说起他喜欢的牌子，她说，那是一种极内敛的衣。她的乒乓球打得也不错。至于对京剧的熟悉，更让柳源惊讶不已，大多数名段，她都能一字不差地哼下来。柳源说，倪小菊，你身上藏着一座宝藏啊。

倪小菊的心，开花了。她浅浅笑着，深深暖着。在倪小菊心里，多么感谢上天开眼，让她遇到这个人。日子紧走慢走的，柳源的生日，到了。倪小菊在几个星期前就准备礼物，想来想去，她走了最俗套的路数，给柳源织围巾。毛线是精挑细选的，花样是精挑细选的，一针一线，都是她无法明说的情和爱啊。

柳源看到她送去的礼物，脸色突然间就变了。他沉默良久，说，倪小菊，我要跟你说清楚一件事，同情不等于喜欢。

倪小菊的天空，在那一刻塌崩。柳源轻飘飘的一句话，如一把锋利的刀，准确无误地插到她的心尖上。她抱着那条围巾，站在大街上，茫然。十月的阳光，没有温度。她拉住一个过往的陌生人，硬要送人家围巾。那人吓得疾步走，走老远了，回头惊惧地看她，把她当成神经病。她的围巾没能送出去，她把围巾扔进了路旁的垃圾筒里。一个捡垃圾的老妇人，在一边看着她。她走后，老妇人站在垃圾筒前，看那条围巾，看半天，也没敢捡。

倪小菊把身上所有的钱，给父母寄去，并给父母写了一封信，信写得简单，她说她累了，准备走了，要父母自己保重，不要惦记她。

秋深的天，黑得早，不过四五点钟，森林深处，已灰暗一片。倪小菊一直在走，没有目的地走。四周是树，偶尔有乌鸦叫，嘎的一声，惊扰得一树的叶，纷纷落。她想等夜幕再降落一点，挑一处空旷处，抱了落叶铺成地毯，躺上去，一定很舒服。野花是采不着的了，这时节，在这深山老林里，除了偶尔望见一些野杜鹃还在开，基本看不到别的花了。她有点遗憾。

她是想走得美好一些的。

终于望见一处空旷地，有四五棵树那么大的地方，一方石，独居其上。倪小菊走过去，坐下。四周的鸟声密集成雨点，喳喳喳地掉落。天空暗成森林色。

姑娘，你迷路了吧？她的跟前，出现了一位老人，身上披着浓浓的夜色。老人是什么时候来的、从什么地方来的，倪小菊一概不知。她惊得目瞪口呆，要不是老人浓重的川音，她还以为她碰到了树妖啥的。

经常有人在这里迷路的，这大山深着呐。老人不等她开腔，自顾自地说。

倪小菊没说话，她希望老人快点走。

老人却完全没有走的意思，反而热情地招呼她，姑娘，跟我走吧，在这山上住一晚，明天我送你下山。

倪小菊不得不开口，倪小菊说，谢谢，我想一个人待着。

老人像洞穿一切似的，呵呵乐了。老人说，姑娘，我在这山上，待了四十年了。

那一晚，倪小菊待在老人在山上的小木屋里。小木屋四壁被烟火熏得乌黑，屋内陈设简陋，只一张石床、一张石桌、两张石凳。老人给她做饭，很香的菜饭。倪小菊问，饭里面掺和的是什么菜？老人乐，老人说，山上的野菜，这山里宝贝多呐。

饭后，老人蹲到小木屋外，把屋内唯一一张床让给了倪小菊。倪小菊哪里睡得着，她起身，走到门外，看见老人坐在不远处，望天。老人影绰的身影，像一块石，孤独、落寞。倪小菊被那种孤独感击中了，她呆呆地站着看，眼睛潮湿。

老人知道她站在身后，他没有回头。老人幽幽说，姑娘，你听，这森林里的声音，鸟的、草的、花的、树的、虫子的，还有松鼠、獐子的，多热闹啊。

倪小菊坐到老人身边，和老人一起听。大自然的声音，神秘又美好。她的心，宁静成一汪水。老人的经历，却不宁静，很小的时候，父母双亡。后来一场大火，把他好不容易积攒起来的家，烧了个精光。他的人生，不知经历了多少风和雨。

你觉得苦吗？倪小菊问。

老人眼望着远方，笑了，我每天能吃能睡，看得见这山，听得见鸟叫，哪里苦？

倪小菊被这句话镇住。老人沉默了，她也沉默了。后来，她偷偷扔掉包里的安眠药，那一晚，她睡得很踏实。

倪小菊是被鸟鸣声叫醒的。清晰的晨光里，她看见了看山老人，她大吃一惊，他脸上的疤痕，太可怕了，像一条条卧伏着的蜈蚣。老人看着她的吃惊，淡淡说，年轻时，一场大火留下的。

老人把倪小菊送下山。分别时，老人说，姑娘，回去好好吃饭好好睡觉，你的好日子，长着呢。倪小菊回头想再寻那间小木屋，它已淹没在密密的森林之中，连同那个看山老人。

春暖花开的时候，倪小菊还是倪小菊，胖、黑、还龅牙。可分明又不是原来的倪小菊了，她走到哪里，都笑容灿烂。人缘也特别好起来，有朋友评价她，用了可爱这个词。她的身边，亦多了一个真心待她好的男人，他喜欢上她的活泼和开朗。倪小菊很幸福了，幸福着的倪小菊，常常想起深山老林里的那间小木屋，这时节，该被绿树环抱了吧。还有一些小野花，该是一簇一簇的，盛放在老人的眼里。春天的气息，是这样让人欲罢不能。

苦　趣

——

:

我称他黄师傅。

黄师傅是个挑夫，每天要上下黄山两趟，上午一趟，下午一趟。一趟承重二三百斤，挑着山上的所需，食物、水、蔬菜瓜果……山上的垃圾，也是靠他们一担一担挑下山的。

年轻时，我一担能挑上三四百斤呢，现在年纪大了，挑少了，黄师傅呵呵笑着，笑露出两排不算洁白齐整的牙。他站着，人半倚着担子。担子却不曾歇下，而是用根木棍子撑着。我仔细观察了一下，发现每个挑夫的手里，都有这样的一根木棍子。走路时，可当拐杖使。歇息时，可作靠依和支撑。

云雾一团一团袭过来，刚刚还是大晴天，转眼间飘起小雨。山峦隐约。碧树和红花，像在云雾中穿行，它们急急的，要奔着哪里去呢？瑶台仙境，不过这般吧。我和那人看得呆过去。

黄师傅看着我们发笑，他说，在这山上，什么时候看都是好看的，有太阳时看云，没太阳时看雾。四五月的天，看花。九十月的天，看叶。到冬天了，看雪。他的声音，沾着云雾的味道，和着草木的气息，令我不由得多看了他两眼。他约莫五十来岁，个子不高，瘦。眼睛不大，却有神得很，亮亮的，似夜露。

那会儿，我和那人正停在半山腰。下山路走得我们腿脚发软，实在走不动了，后悔着没坐缆车下山，却意外遇见一蓬一蓬的黄山杜鹃，下山之辛苦便变得无足轻重了。我盯着石凳后边的一棵黄山杜鹃看，花朵儿累累缀着，一枝花梗上，总有八九朵不等，呈欲放未放的姿态，好颜色呼之欲出。恰似女子犹抱琵琶半遮面，有娇羞之美。

黄师傅担着担子，路过我们身边。我们起初并未留意他，继续赏我们的花。他突然停下，递过来一句，这杜鹃花，这个时候最好看了。我惊喜他这么说，遂扭头看向他，问道，为什么呢？

你看呀，红颜色还都裹着嘛，饱饱的嘛，全开开来，颜色就淡了。

　　他的话让我听着高兴。花半开为最美，是我一直偏爱着的。

　　我和他很热乎地聊起来。知他从事挑夫这行当，已有二十八年之久。

　　扁担初次挨到肩上，挑着才走了一小段路，肩上那火辣辣的滋味呀，就像用烙铁在烙呐。

　　后来习惯了，也就好了。现在，我肩上的皮揭下来，都能直接做盔甲了。呵呵。

　　他说得很轻松，我听得却不轻松。我问，我们单是人走着都吃力，你还要担着这么重的担子，每天爬上爬下，又苦又累，就没想过改行做其他的事么？

　　想啊，想过，黄师傅的眼光落到他的担子上，久久的，没有挪开。那目光，有点类似于农民抚向他的庄稼、牧人抚向他的羊。

中途他的确改过行。他走家串户去收过荒货。也做过一段日子的泥瓦匠。后来，他还开过一家门市店，卖些日常所用，生意不错。但每当看到倚在墙角的扁担，他的心，便坐不住了，他听到大山在呼唤。

他就又进了山。每日里，在这大山里上上下下，他熟悉路边的每一块石头、每一棵树、每一种花。山里的小松鼠，和他也成了老熟人。他有时坐在石凳上吃干粮，有小松鼠就跳出来，嬉戏在他身旁。做挑夫虽苦，却自有它的妙趣，他割舍不了。

这大山多好啊，他这么感叹。复挑起他的担子，跟我们招呼一声，下山去了。他的身影，很快没进一团云雾里，和大山融为一体。

日子总要往前过的

:

　　姐姐的孩子，是在元月初查出患了眼疾的。起初孩子一直嚷嚷着，说看不清黑板。我们都以为孩子的眼睛近视了。现在的孩子，十有八九，鼻梁上都架副眼镜，很正常。姐姐就带孩子去验光，给孩子配了一副近两千块钱的眼镜。掏钱的那会儿，姐姐眼睛眨都没眨一下，豪气得很。这委实让我吃一惊，我说，用得着这么贵吗？普通的眼镜，也照样用啊。姐姐说，要配就配个最好的，只要对丫头好，这个钱，我舍得花。

　　姐姐不是个用钱大方的人。那钱，是她养蚕种地，一分一分攒出来的。上街给自己买鞋，大街小巷转一圈，最后买了双十块钱的，塑料底，硬邦邦的。姐姐说，我在家里干活，用不着穿多好，穿这样的，足够了。最冷的天，她一直想买件羽绒服，走进商场摸摸这件、抚抚那件，瞅瞅标价，嫌贵，最终没舍得买。

丫头是她的全部希望。她常笑言，老来得子，哪能不宝贝？姐姐是年近三十才生下丫头的，在偏远的农村，算是大龄了。当时难产，折腾两天两夜，差点没要了姐姐的命。生下后又少奶水，天天夜里起来泡奶粉。这样一路艰辛，把孩子养大了，姐姐以为，苦尽甘来了。

日子也真的望得见欣欣向荣：新砌了楼房，大大的庭院，收藏着每一缕阳光。丫头也顺风顺水地成长起来，粉妆玉琢，且成绩不错，还在班上做了班长。未来似锦缎，随手一摸，都滑溜溜直往心里去。将来，孩子会念个不错的大学，孩子会找份很好的工作，孩子会在城里安家。姐姐说，到那时，她把家里的地，全辟成菜园，专门给丫头种绿色蔬菜吃。甚至设想过，以后她就跟着丫头过，给丫头煮饭洗衣带孩子。寻常人的一生所求，莫不过如此，生儿育女，安享天伦，平安终老。

姐姐的梦想，像极一枝鲜艳饱满的花朵，里面裹着的，是她这生的寄托和幸福。然这枝花朵，尚未来得及盛开，就被狂风折断。孩子的视力越来越差，眼前云遮雾挡的。我们以为是眼镜配得不行，以为碰上伪劣商品了。姐姐特地抽空，两次进城，找验光师傅重验光，都没找出眼镜的毛病。这才想到，许

是孩子的眼睛有病。送孩子去医院检查。医生惋惜得直摇头，说是青光眼，已相当严重了。这一摇头，直把姐姐的心，摇落下去，落到无底的深渊里。姐姐逢人便问，青光眼是啥病啊？为什么偏偏落到我家丫头身上啊？

我在电脑上搜索青光眼的资料，姐姐站在一边看，一行字没看完，眼泪已成串成串往下淌。她一个劲儿责怪自己，都怪我糊涂，没早点送丫头看病。我们安慰她，哪能怪你，这是谁也想不到的病啊。她还是不能原谅自己，哭着说，为什么不让我的眼睛瞎掉，而要伤我的丫头。一转身，在孩子面前却强装欢笑，轻描淡写说，丫头，没事的，小毛病，去治疗一下就好了。

孩子休学了，一趟一趟跑上海，看专家门诊。专家门诊人多，凌晨就必须守在医院门口排号。姐姐为此一夜不睡。冬夜寒冷且漫长，偏逢天下雨，医院狭小的屋檐，遮不了雨，但为了孩子能及时看上病，姐姐硬是不肯移了步去躲雨。等早晨医院开门了，她浑身已湿透。却因拿到排在前面的号，欢喜不已，打电话告诉我，这下子好了，丫头看上专家了。

专家摇头，说只能试着治，要想恢复到以前的视力，是不可能的了。有一只眼睛因眼压过高，已近乎失明，不得不动手术了。姐姐几乎一夜之间苍老下去，也不过四十才出头的人，看上去，像五十多。

姐姐说，不管我吃多大的苦，我都不怕，只要我的丫头能好好的。姐姐于是满世界去求偏方，一听说哪里有偏方，对治眼病有益的，她立马找了去。收效却甚微，因为青光眼是终身病，要根除，除非出现奇迹。

回老家看姐姐。姐姐正用沸水，给丫头的洗脸毛巾消毒。她新买了CD机，丫头眼睛不能多看，就让丫头多听，听歌，听朗诵，听英语。姐姐看一眼在音乐里蹦跳的丫头，说，已经这样了，总强过那些得了绝症的。我现在也不去想将来，路总得往下走，日子总要往前过的，努力过着吧。姐姐说这些时，脸色平静，甚至还冲我笑了笑。

小　艾

　　·
　　·

　　我是在去乡下的路上，看见那朵花的。仅仅一朵，橘红，艳得像一枚红纽扣。彼时，风正袭裹着寒潮，铺天盖地而来。秋深了。满目是衰败，与仓皇的撤离，不闻虫叫，连飞鸟也少了许多。只有不怕冷的小麻雀，在渐次枯萎的草丛里，寻寻觅觅。

　　花盛开。它的周围，狗尾巴草和蒲公英，早就瑟缩成一团。连耐寒的菊花，也萎了下去，开始做冬天的梦。它却昂昂然，小脸蛋在风中，挣扎得通红通红。它是深秋天里的小英雄。

我在那朵花跟前停下来，我仔细打量它，我搜肠刮肚着，也没想出它的名字来。它或许本就没有名字，它只是一棵寻常的野草，在这个深秋天里，它旁若无人地，绽放出属于它自己的梦想。

我想到了老家的小艾，和她六岁的儿子。

小艾很小的时候，父母离异，一河之隔，父亲住河南岸，母亲住河北岸，她随了父亲。父亲好酒，每喝必醉，每醉必打她。童年的小艾，整天趿着一双破布鞋，提着一只破篮子，在田埂上晃悠。衣袖上积满厚厚的污垢，泛着黑油油的光，神情木呆呆的。村里人都说，这丫头，脑子被她酒鬼老子打坏了。再唤她，前面就加了个"呆"字。呆小艾——村人们这么唤。小艾听到唤，只抬眼看一下，复又低下眼皮去，面上无欢喜，也无悲伤。

这样的小艾，如荒野一棵草，自生自长着，谁都不把她当回事。也念过两年书，但小学没毕业，就回了家，帮父亲干农活。

十八岁，小艾出落成大姑娘了，圆圆的脸庞，满月一般的。也是在这个时候，村人们才发现，原来，小艾还挺好看的。说媒的上门了，小艾没别的要求，只要求对方，唤她小艾，而不是呆小艾。

小艾嫁了。所嫁的男人，比小艾大六岁，在外做小生意。小艾跟着男人一起打理小生意，日子竟很快红火起来。再回

村，小艾抱了刚满月的儿子，提着大包小包的礼物，旁边跟着
她的男人，是一幅让人眼馋的幸福美满图。村人们争相跟小艾
打招呼，一口一个小艾地叫着，小艾一路笑着应。她的背后，
是村人们一地惊讶的叹息，没想到，呆小艾有呆福，嫁了个好
人家。

　　小艾的幸福并没有持续多久，她白白胖胖的儿子，居然有
智力缺陷。同龄的孩子，早就会跑会跳了，他却连站都站不
稳。别的孩子把儿歌念得像小鸟宛转啁啾，他才结结巴巴会叫

妈妈。小艾的男人起初还抱着希望，带着儿子天南地北去看病，然这种病又如何治得了？最后，男人竟动了坏心思，想抛弃智障儿。小艾死活不肯，她跟男人离了。从此，与儿子相依为命。

小艾出事是在一个下雨天。那日，她骑车经过一座危桥，从桥上摔下去。这一摔，把她摔成了植物人。不少人跑去看她，看后，都摇头，说，该料理她的后事了。

小艾六岁的智障儿子，根本不明白发生什么事了。他像往常一样，趴到小艾身边，用小手猛拍小艾的脸，一边拍一边叫，妈妈，妈妈，你陪宝宝玩。

有人看不下去了，把他抱开去。过一会儿，他又跑过来，伏到小艾枕边，拍打小艾的脸，吵着要小艾陪他玩。

一天又一天，他就这样不停地拍打着小艾的脸。

半个月后，小艾真的被他拍醒了。她说，她听到儿子一直在叫她。

这世上，有些坚韧，是超出人们想象的。谁知道一棵草的心里，怀着怎样的梦想？谁知道一个卑微的灵魂下，有着怎样的爆发力？生命的奇迹，由此诞生。

那些值得幸福的事

春天，我在屋旁整出巴掌大一块地。我在地里面撒下一些花的种子。这些花种子，是我的一个远房伯母送我的。那日，我去看她，她家门前，姹紫嫣红得不像话了。虽说乡下的野草野花多，但像我伯母这样，专门辟了地，极隆重地长花的，绝对少有。伯母慈祥地看着那些花笑，伯母说，我就是喜欢长些花呀朵的，从小就喜欢。我转脸看她，看到她的鹤发与欢颜。微蓝的天空下，伯母是一朵不老的花。

我撒在屋旁的花种子，很快，也姹紫嫣红成一片。我在阳台晾衣裳，探头往楼下看，我的眼睛，被一朵一朵绚丽，染得五彩缤纷。这朵看罢看那朵，哪一朵，都是艳丽迷人的。单单红色，就有大红的、玫瑰红的、桃红的、粉红的、橘红的、胭脂红的。我和那人的生活里，便平添了一趣，每日必晃去那些花跟前，一一辨认它们的颜色，给它们取好听的名字。这是我种的花啊！它们原本不过是一粒粒细小的种子，却暗藏着盛开的热情和梦想。

我种的那些花，一直开到秋末。在很长一段日子里，每天每天，我与一簇一簇的花相会，我的心，很幸福。

初夏，我带父母去了一趟北京。这个想法由来已久，但我一直在等，等我有了足够多的钱，再去实现。然某天，我看到我的父亲，面对他最喜欢的电视剧，却打起了盹，口水流到衣领上而不自知。那一刻，我被岁月之箭，深深刺疼了。我的父母，已经老去，去日无多，这是事实。

我不能再等了。六月的一天，我放下手头工作，带上父母，一路向北。我那一辈子从未出过远门的母亲，一路走一路新奇着，像个不谙世事的孩子。乘飞机，坐火车，她都端端坐，双眼紧紧盯着窗外，不肯闭上眼休息一点点。我们去了天安门广场，去了故宫，去了长城。母亲这儿摸摸、那儿看看，不时兴奋得掉眼泪，母亲说，这辈子来过北京，死了也值得了。

从北京回来，父母在村子里的地位，陡地升高。他们身边，常围着几个乡亲，听他们讲北京。有人问，坐飞机晕不晕啊？母亲骄傲地说，不晕，一点不晕。在北京拍的那些照片，成了父母最珍贵的收藏，他们常拿着它们，四处炫耀。

我很开心，我的父母，有这样的幸福支撑着，余生不寂寞。

我亦独自去了几个向往已久的地方：洛阳、武汉、杭州。

在洛阳，牡丹花开过了，但牡丹的气息，处处可闻。出租车司机伸手随便一指，自豪的神情，满身洋溢。他说，四月花开，我们这里的街道上，全是牡丹。我笑了，我喜欢这种自豪，对一个地方的热爱，是要以这样的自豪作底子的。

去武汉，我叩访了木兰山。在山上的天池里，我与一只野鸭相遇。周边的石头缝里，开满白色的小野花。后来的许多日子里，我常会想起那只野鸭，和那些小白花，无来由的。我只愿一切生命，都能安好在各自的天地里。

在杭州，我跑到山沟沟里，在一个叫汤坑的小村住下来。夜晚的汤坑，静得有些不真实，狗不叫，鸡不鸣，甚至，连一点点灯光也没有的。只有门前的溪水，在哗哗地流，像下了一夜的雨。我躺在水声里，觉得幸福。凡尘俗世里，我愿把三分之一的生命，拿出来，交给行走。

我继续努力读书写作，每一个日子，都用心来过。当我的文字穿街过巷，抵达陌生人的案头时，我唯愿，它们也把温暖和幸福带去了。陌生人，我祝福你！

寒潮过后，天转晴，白花朵一样的阳光，布满天空。和他一起坐在阳台上晒太阳，看着阳光的影子，像长了脚的小兽，慢慢地越过墙头去。我把头埋在阳台上的被子里，我说，这免费的太阳啊。心里一刹那间涌满感动。

没什么，我们就这么过着吧，相亲，相爱，感动与幸福。一年一年地。

荷花过人头

———

夏日的盛事中，荷的盛开，算得上一桩。

从荷花初露峥嵘，满世界便都在传着荷的音讯了。这里那里，早早约好了，一起赏荷去吧。

这样的有备而去，这样的群体出动，自然是热闹的、隆重的、欢天喜地的。但，总让我觉得少了点什么。没有了那种乍然相见的惊、劈面相逢的喜。

我还是喜欢这样的遇见。指不定是哪日，你正在路上走着呢，也只是一段平日走惯的寻常路，你无意中一扭头，就瞥见了路边的池塘里，荷已亭亭。它在你毫不知情的情况下，竟全然盛开了！

哎呀，看，荷花！荷花开了！你来不及思索和犹豫，就发出这样的惊呼。这意外的惊和喜，在你心中激荡起的愉悦和欢快，远超过预料中的鼎沸和喧腾。

人生最美的相见，原是邂逅，是不期而遇。

是在去年夏天，我去山东有事，返家的途中，乍然见到路两旁的村庄，全被荷给"淹没"了。人家的青砖红瓦房，像小小的岛屿，隐现于荷花丛中。朵朵的红，朵朵的白，像撑着长篙的红衣女子和白衣女子，那些青碧的荷叶，则成了她们驾着的青碧的小船。

这意外的遇见，让我止不住一阵激动，好比获得意外奖赏。

我在那里逗留。看农人们一枝一枝采下荷来，扎成一束，拿到集市上去卖。荷花深处，密不透风，汗水湿衣。荷的茎上，密布着细细的绒刺。纵使戴着手套，小半天下来，他们的手上臂上，也尽数被刺伤。汗水流过，红肿一片。

到挖藕时，更辛苦。他们得踩着很深的塘泥，蹲伏在地里，不一会儿，已成泥人。

他们的脸上，却没有丝毫的抱怨色。他们很坦然地笑，淡淡说，做什么事不辛苦呢？有辛苦才有收获嘛。

这话让我肃然起敬。我想起我故去的祖母，她在世时常说一句话，这世上没有落地桃子吃的。——只有付出，得到时也才能心安理得。

今夏荷又开。听说那里已拿了荷做文章了，轰轰烈烈地搞起荷花节来。我打消了再去那里看荷的念头。我不想扎着人堆，做那纷攘之中的一个，那会减损了荷的韵致。

赏荷，宜清静。

最好是小小的池塘，花也不多，就三五朵娉婷。

突然怀念起小时的乡下，几家人共用一个小池塘，平日的吃喝洗涮，全在里头。塘里面长菱角，也长荷。荷花开的时候，三五朵不等，撑着一张粉艳的大脸庞，静静地站在池塘的一角，站在水的上面。它美，美得有些邪乎。在我们小孩的眼里，那是很奇怪的事。我们一度叫它魔鬼花，不敢去碰它。

荷叶我们却喜欢。我们摘下它来，当帽子，顶在头上。祖母还用荷叶做过粉蒸肉，真是天底下最好吃的东西。

午时，我走过小池塘，荷在池塘的一角，站着，红艳艳的。我静静看它，它也静静看我。天地间没有一点声响，鼓噪的蝉也停了鼓噪，小麻雀们也不闹了。我很希望它变成一个仙女，走上岸来。但到底没有。直到有大人走近，吓唬我，你这小丫头，一个人在这里犯什么傻呢，当心塘里的老鬼把你拖下去哦。我突然害怕，转身就跑。现在回忆起来，我那时害怕什么呢？是害怕到河里去，变成一朵花吗？小小的心里，大约是害怕着发生变故的。你做你的花，我做我的小孩，这才是最好的。

朋友在小缸里养荷，三年了，终于打苞苞了。他欣喜得不得了，从小荷才露尖尖角，到花瓣儿慢慢绽放，他一一记录下来。这成了他每日里最大的欢喜事。

终一天，他热烈地宣布，我家的荷花已过人头了。

我在他的这句话上打转，喜极。"荷花过人头"，多好。只这一句，尘世的活，就透出无限的芬芳来。荷花与人，俱美好。

另一种生命体验

:

　　快过新年的时候，我住进了上海中山医院，要动一个手术。

　　上海那几日，天一直低低的，要下雪的样子。雪却隐忍着，没下。从病房的窗口望过去，窗外几棵瘦瘦的树，不着一叶，枝干直指天空，在高楼的环抱之中。很多时候，我便望着那几棵树出神，想着命运的奇特，健康是赐予，病痛何尝不是另一种赐予？就像树有繁茂之日，也有萧条之时，人生多出这样的体验，或许才叫完美。

　　同病房住着两个女的，在我进来之前，已动过手术，伤口愈合得差不多了，就快拆线了。她们念叨着回家，表情很是急切和兴奋。哎，就要坐到家里的桌子旁吃饭了！她们说。眼睛笑着，像开着两朵花。

我听着，怔一怔，想她们生命中无数个日子，都在家里的桌子旁吃着饭，那时只当寻常。哪里会想到，有朝一日，这寻常的拥有，居然成为一种向往？

她们见我沉默着，以为我害怕，遂安慰我说，36床，没事的，打了麻醉，你就睡过去了，什么也不知道的，一觉醒来，手术已做好了。对了，我有了一个新的称呼：36床。护士推门进来，叫，36床，量体温了！36床，该吃泻药了！两个女病友，一个是33床，一个是34床。我也很自然的，用33床与34床来称呼她们。

两大泡泻药，是清理肠胃的，手术前，这是必走的程序之一。用大杯子泡着，需喝下满满四大杯。药味怪异，难以下咽。33床和34床不停鼓励我，你一口一口慢慢喝，很快就喝完了。当我好不容易喝完一大杯，她们真心为我欢喜，啊，快了，快了，你就快喝完啦。

护士进来，看着我手里的杯子说，要多走动。我于是捧着水杯去走廊上走动，那儿晃动着几个女人，亦捧着水杯，企鹅般的（水灌多了，肚子撑着），左右摇摆。只一照面，就全明了，也是将做手术的。彼此笑笑，一点也不陌生地相问，你这是第几杯了？她们晃晃手里的杯子，非常高兴地说，我们这是第四杯了。心里的羡慕，蹭地一下，冒上来，哦，你们都四杯了，我才一杯呢。她们便齐齐安慰我，不急不急，慢慢来，两小时内喝完就成。

水喝下，一心一意等着泻肚子，却迟迟没有动静。几个病友在走廊上又碰见了，彼此关切地相问，你泻了没？答，还没呢。或是，泻了，泻了一回了。听的人，便真心实意替对方急，怎么还没泻？或是替对方欢喜，泻了就好、泻了就好啊！人世太多的欲望，在这时，只变成渺小的卑微的一个，那就是，赶紧泻了吧。

也就要进手术室了。33床和34床站在病房门口送我，轻轻拍我的肩，说，36床，别怕，没事的，睡一觉就过去了。我点点头，竟真的一点也不害怕了，一路微笑着，被推进手术室。模糊中，我听到有人说，真奇怪，她一直在笑着。

我醒来，窗外久违的阳光，哗啦啦冒了出来，花朵一般的，怒放着。33床、34床披着一身的阳光，要出院了。她们到我床边跟我道别，再三叮嘱我，你一定要多喝鸽子汤啊，喝了鸽子汤，长伤口快的。又帮我掐着日子算，也快了，年三十出院，你可以到家吃年夜饭呢。

是啊，年三十可以回家呢，多好多好啊。伤口的钻心疼痛，亦可以忽略了。我目送她们出门，有亲人般的不舍。一些天后，她们披着阳光的样子，还时常出现在我的脑海中。我竟有些留恋在医院的日子，在那里，人单纯透明得如同水晶，照得见彼此的心，纯洁美好，怀着怜悯与感恩。

猫有九条命

:

　　乡下孩子，没有一个不亲近猫狗的。有的也亲近鸡鸭牛羊，还有兔子，给它们取上温暖可爱的名字。比如猫叫花花、朵朵或咪咪，狗叫大黄、小黑或花斑。

　　我们兄妹几个，曾一度渴望养只狗。狗跟人亲，特别跟小孩子亲，跳前跳后，跟护卫似的，如果谁家小孩有了一只狗跟着，那是相当威武的事。但那时家家口粮紧张，人都养不起了，哪里还有闲情再添一张嘴？我们每次提要求，每次都被大人拒绝，终死了心。

猫却不一样。猫吃得少啊,小梅花嘴一舔一舔的,天生的斯文样。一小瓷碗的粥,它能舔上好几天。而且猫还会自己给自己找吃的,改善伙食,逮条鱼逮只小雀什么的,全不在它的话下。

猫更多的是,逮老鼠。

穷家里,本就没多少吃的,偏偏老鼠又来打劫。它们成群结队、前赴后继,大白天也能在家里窜上窜下,肆无忌惮。我们睡觉时,它们活动得更为猖狂,简直有要把我们赶走它们好取而代之的野心。它们在屋顶上赛跑,脚步声像战鼓在擂,轰隆隆,轰隆隆。家里的土墙,都用芦苇做壁帐,它们在壁帐里开起联欢会,咯吱吱,咯吱吱,热闹得翻了天。有时,它们乐得得意忘形,会在我们枕头边嬉戏。常听村人谈笑,他夜里睡觉,又压死一只老鼠。

过年,我们好不容易能分得一点饼干糖果,舍不得吃,藏着,最后基本都被老鼠瓜分了。你藏得再深再隐蔽,老鼠们也有本事找到。我姐有一年正月初一,一早醒来,就号啕大哭。她除夕晚上分得的糖果和糕点,很珍惜地装在她的新衣兜里。可恶的老鼠吃掉糖果和糕点也就罢了,何苦还要把我姐的新衣给咬上碎碎的洞。那年头,最大的盼头,就是能穿上新衣裳,很多人家的大门上,都贴这样的对联:吃大肥肉,穿花洋布。人人盼穿新衣的,却未必每年都能如愿。这年年景好,我妈一高兴,给我们每个孩子扯了几尺花洋布,做了一件新罩衣,我们乐得就差有对翅膀飞上天了。却硬生生被那些死老鼠,把这团快乐给搅了。那个新年，我姐没获得半点安慰，还被我妈狠揍了一顿，一家子过得很不开心。

猫来了。

猫是带着使命来的。

猫的使命就是对付老鼠。

我家先后养过好几只猫。有竹叶青的，有花斑纹的，有全白的，有全黑的。留给我记忆最深的，是一只叫咪咪的黑猫。

咪咪是怎么来到我们家的，我一无所知。就像早上睡醒了，一睁眼，窗外的那棵歪脖子枣树在着呢。那种理所当然天经地义，是不用去问为什么的。

我们爱跟咪咪玩，把它搂在手上、抱在怀里，它总是很享受地闭着眼，咕噜咕噜。冬天，它爱钻我们的被窝。我有时故意把被头塞得紧紧的，半夜里，它从外面归来，带一身霜的味道，在我枕头边咕噜咕噜，用小爪子抓我的被头。最后，它总能取得成功，钻进被子，一直钻到我的脚边，很舒服地蜷起身子。我的脚，就搁到了一团软软的毛上面，做起梦来，都是轻软暖和的。

大人们是不喜猫上床的，不是嫌它脏。猫可干净了，上床前，必把自己的脚和身子，一遍一遍舔干净了。大人们是怕猫在温柔乡里，忘了它的职责。有时，看见它上床，就吆喝一声，把它喝骂下床。猫实在聪明，似乎听得懂人的话，它一被骂，立即垂头夹尾的，跳下床跑了。是心存愧意的。

当冰凌在茅草屋下挂有几尺长，夜深，尤其寒冷。咪咪晚上才被骂了，它记着呢，不敢上床，它就跑去厨房里钻锅堂。夜饭时，锅堂里留有的麦灰，这时，尚有余温的。咪咪就躺到麦灰里。清早我奶奶去做早饭，引了火进去，咪咪突然惊醒，从火里蹿出来，把我奶奶吓一大跳。这样的情景，总要反复出现，以至我奶奶再做早饭时，会先用火剪，在麦灰里捣上一捣。因了几次三番在火中历险，咪咪的眉毛被烧焦了，胡子被烧焦了，有时，身上的毛也被烧焦多处，成了一只"烤猫"，浑身散发出焦糊味。我们围着它笑，它还莫名其妙得很，拿两只圆溜溜的眼睛瞪我们，一脸的无辜。

咪咪的历险记中，还有与蛇斗，与老鼠药斗。那年头，蛇也多。家里时时有蛇来造访，粗粗的身子，在壁帐里游。我们吓得惊叫，咪咪却无知无畏地冲上去。蛇竟是怕猫的，从不敢恋战，总是速速逃走。咪咪意犹未尽，在壁帐那儿蹲守。

与老鼠药斗，咪咪就不那么幸运了。有次外出，回来时，见咪咪就口吐绿沫子，倒下去了。我奶奶有经验，一看，就说，这畜生吃了老鼠药了。乡下人对付老鼠，最常见的办法就是下药。药掺在油饼里，诱惑老鼠吃下去。往往老鼠没吃死多少，却吃死不少馋嘴的猫。有时，也有孩子误食，那家大人火急火燎，把孩子送去村卫生所抢救，一路的脚步纷乱。抢救的办法就是灌碱水，一盆一盆地灌下去，灌得那孩子一个星期都爬不了床。我奶奶就警告我们，不能吃扔在墙角落的油饼，吃了，会被灌碱水的。

我奶奶不慌不忙，给咪咪开肠破肚（天知道她哪里会这个），用一面桶碱水清洗，而后，再用棉线把咪咪的肚子给缝了起来。我们都伤心得要命，以为咪咪准死了。可它真是命大，隔几天，居然又活泼乱跳的了。我奶奶说，猫有九条命呐。我们很羡慕，都以为咪咪有特异功能。

咪咪是捉老鼠的高手。

它几乎每天都要捉上几只。也不立即就把老鼠咬死，而是当它的玩具玩，像小孩子玩球一样的。可怜那老鼠，像只皮球似的，在咪咪的爪子下滚来滚去，逃生不得。咪咪总要玩到兴趣索然，才一口咬死老鼠，把老鼠尸首拖到我奶奶跟前邀功。

我奶奶拍拍它的头，夸它几句，它得意得直甩尾巴。有时，还会得到意外的好处，我奶奶会舀一勺鱼粉赏它。那鱼粉是我奶奶在做红烧鱼时，留下的鱼头和鱼肠，在锅里慢慢煎成的，专门留给咪咪加餐。

老鼠们都惧怕咪咪，有咪咪在家，老鼠们都变得小心翼翼。即便有行动，也比往常要隐蔽多了、收敛多了，轻手轻脚的。我们能睡个安稳觉了。咪咪成了我们家的功臣。谁的碗里还有好吃的，都会给它省下一口来。把它养得那叫一个膘肥体壮啊。

民间流传，四脚白的猫，是不大养得住的，有顺口溜是这么说的："四脚白，家家跑。"又有谚语"狗是忠臣，猫是奸臣"。

咪咪身体其他皆黑，就四只脚雪白雪白的。我奶奶有些嫌它的四脚白，说："归根到底是养不住的。"

也就真有过那么一两次失踪，屋前屋后遍寻，全家都在唤，不见。一连数天如此。我奶奶就说："这畜生肯定是野掉了。"我爷爷在门后拴把笤帚，用这个办法招迷路的猫回家。也是奇怪，不几天，果真见咪咪回来了，一副逃难的样子。我们欢喜不已，骂它："怎么就知道回来了？"它却装着没事人似的，围着你的脚跟亲热地打转转。

没有人知道，它到底去了哪里，又到底干了些什么。再多的惊涛狂澜，到了它那里，也成了波平浪静。日子又一如既往起来，它钻锅膛、钻被窝、逮鱼逮鸟逮老鼠，或在墙头上伏着，与时光一起打盹。

我家也就要搬家了。

我爷爷捉了咪咪，放进一蛇皮袋中，扎牢袋口，像搬瓶瓶罐罐一样，把咪咪搬到河南岸的新家去。我们在厨房里刚把蛇皮袋口解下来，咪咪就箭一般射出来，射到门外去，不顾我们热烈的呼唤，头也不回，一溜烟跑了。

出去找过它，没找到。也在门后拴把笤帚，招它回来，多天了，仍不见回。渐渐的，也就不找了。我奶奶说："重抱一只吧。"

却在一次晚饭时，关紧的厨房门，突然被顶开，咪咪的头，探进来。它把我们一家人数望一遍，那眼神真是说不清，委屈有，思念有，忧伤有。等我们反应过来，齐齐惊呼："咪咪!"它却又是一扭头，跑了。

我爷爷去老房子那里翻检，想看看还有没有可用得上的东西，比如瓦片哪、一截木头哪、小玻璃瓶哪。老房子已不存在了，断壁残垣都没有，只有一地的废墟。我爷爷正埋头在里面翻找，突然听到"喵呜喵呜"的声音，他回头一看，竟是咪咪。我爷爷试图捉住它，它立即跑得远远的，不肯跟着走。

我们听说了，都唏嘘不已，真不知它是怎么渡过河去，又怎么跑回老地方的。后来，我和我姐去老地方，果真看见了咪咪。它瘦得前胸贴后背，瘸着腿，瞎了一只眼，无比凄清地对着我们叫，恋恋的。

我抱起它，起初它还安静，任由我抱着。等我们试图带它离开，它却挣扎着跳下去，跑开了。

再过些日子，我爷爷去了老地方，回来说，咪咪死了，死在那里。

我的心里，掠过很深的悲哀。我想不明白，不是说猫有九条命的吗？咪咪怎么就死了？

生命，到底还是脆弱的。咪咪也不例外。

第三辑

淡淡的幸福

———

：

即便远隔万水千山，我也能感觉到你的心跳。即便岁月老去，你依然住在我的心里面。

有人替你爱着我

北方下雪了。

雪开始飘落的时候，文友黎从北方打来电话，语气里有压抑不住的欢喜。他说，梅子，知道吗？我这儿下雪了，坐书房里，就可以望见外面的雪啊，大片大片的，树枝上已挂一层白了。

我的城，寒潮正过境，风挺大，冷，且湿。我走在冷而湿的风里面，手里提着一把刚买的青菜，那是为晚饭准备的。晚饭打算做简单点，就用青菜下面条，应付完了，我还有一堆的家务要做。

黎的电话，勾起我对雪的怀念。印象中，江苏已好些年没下雪了，雪只留在我小时的记忆里。那个时候，雪像可着劲儿贪玩的孩子，总是不分昼夜地飘啊飘啊，漫天漫地的，整个世界一片银白。小小的我，穿着母亲缝得厚厚的棉袄棉裤，坐在脚炉边，和姐姐争抢炭灰里埋着的蚕豆。吃完香香的蚕豆，我们会对着外面的大雪唱歌谣，漫天飘舞的不是雪花啊，而是我们的快乐。

黎说，要不你到北方来，你来，我会让你重过你的童年，给你买一个脚炉，放红红的炭火，也埋一些蚕豆在里面。我不和你争抢，全部留给你吃，听你唱歌谣。

我低了头，浅浅地笑。纵使一切的景象可以重复，但心境却早已不复当初了。水在哗哗地流，我把青菜泡在里面。面条是手擀面，是我特地绕了很大的弯，到一户加工手擀面的人家买的，因为家里的那个人喜欢吃手擀面。他还喜欢在里面放些尖头红辣椒。我于是又找出几个尖头红辣椒来，把它切成细细的丝。

雪在北方下，在黎的城。我在我的南方，把青菜一片一片洗净，装在菜篮子里，把细细的红辣椒丝装在雪白的盘子里。我开始烧一锅水，等我的水烧开了，家里的那个人也该回来了。这一切，很现实。

果然的，在我面条下好的时候，那人回家了。一进门就嗅着鼻子问，好香，忙什么好吃的了？我笑着回头，说一声，洗手去。他就听话地洗手去了。热腾腾的面条端上桌，绿的青菜，红的辣椒丝，相配着，倒也好看。他把脸埋到碗上蒸腾的雾气里，夸张地深吸一口气，叹，啊，味道好极了。然后坐到我对面，吸溜吸溜着吃，吃得极满足，仿佛就是山珍海味。

我看着眼前的这个人，心里面突然涌满感动。我想起一句经典的话来，"于千万人之中遇见你所要遇见的人，于千万年之中，时间的无涯的荒野里，没有早一步，也没有晚一步……"那么，我的这个人，也是我在千万人之中寻了来的呀，他心安理得满怀幸福地吃着我做的饭，且要一生一世吃下去。这是怎样的一种信任和爱？

我呢喃般地告诉他，北方下雪了呢。

他抬头"唔"了一声，复又埋着头吸溜起面条来。吸溜完之后，才说一句，好在我们这儿没下雪，要是下雪的话可麻烦了，你怎么开车去上班呢？车子在路上要打滑的。

我大笑。北方的雪在我心中闪了一下，遁去。我守着一豆灯光，守着他，风在窗外呼呼地吹。我突然无来由地热爱起这没雪的日子，很热爱。

假如生命明天结束，我依然爱你

她走近他的时候，正是他人生最不堪的时候，先是父亲被批斗致死，接着母亲疯了，失足坠楼而亡，他亦被下放到一个偏远的小山村。新婚妻子敌不过这样的变故，跟他划清界限，远他而去。原本热热闹闹的一个家，顷刻间，没了。

雪落。他一个人，爬到白雪覆盖的小山坡上，想悲惨人生，想到痛处，忍不住放声大哭。突然身后有人唤他，"哎——"他回头，看见她鼻尖冻得通红，肩上落满雪花。

"你不要哭，真的，不要哭。"她有些语无伦次，"我相信，你不是坏人。"她眼睛亮亮地看着他。

他冻僵的心，突然回暖，漫天漫地的雪花，有了温度。

他知道了她叫英子，19岁，家里有兄妹五个，她排行老二，没念过书。她知道了他原是大学里的音乐老师，遂有些得意地说："我就说嘛，你不是坏人。"他笑了，反问她："怎么不是？"她脸红了，低了头吃吃笑，说："看上去不像嘛。"

隔两天，她跑来找他，脑后粗黑的长辫子不见了，代之的，是一头碎发。她脸红扑扑地对他说："我要送你一件礼物。"他还在发愣，一支绛色的笛子，已举到他跟前。她说："你是音乐老师，你一定会吹笛子的，一个人的时候，吹吹，解解闷。"

原来，她跑集镇上去，卖掉她的长辫子，换来一支笛子。他问："为什么要这样做？"她答："我喜欢读书人呀。"他黯然，说："傻姑娘，我会连累你的。"她说："不怕，你不是坏人。"

他们相爱了。流言蜚语顿起，都说是他勾引她的。村里召开批判大会，把他押到台上。她出人意料地跳上台，憋着一张通红的小脸，对底下激愤的人群说："我喜欢他，我要嫁给他！"

这不啻一磅重弹，炸得人们一愣一愣的。震惊与阻挠，一时间汹涌澎湃。那时候，小山村里人们的思想观念还相当落后，男婚女嫁，都讲究父母之命媒妁之言，哪里有大姑娘自个儿追男人的？有人骂：不要脸，真不要脸。后来许多人骂：不要脸，真不要脸。她亦是不在意的，昂着头，像个勇士。

她的父母，迫于外界压力，速速替她寻了一山里汉子，要她嫁过去。她拿一把菜刀架到自己脖子上，说："除非我死!"

如此的千辛万苦，他们终于生活到一起。结婚那天，没有鞭炮齐鸣，甚至连一句祝福的话也没有的。母亲偷偷塞给她五块钱，抹着眼泪说："丫头，以后过好过孬都不要怪娘。"

她却是满足的、幸福的，两个人的灯下，他为她吹了一夜的笛。

八年后，落实政策，他被平反，回城，重返校园。她在村人们羡慕的眼光里，跟着他进了城，却与一个城格格不入。她不会说普通话，冒出的土疙瘩语，常让城里人侧目。他们家里，进进出出的，也都是些衣着鲜亮的人，他们谈论什么贝多芬、肖邦，神采飞扬。这时候，她只有发呆的份儿。和他一起走在大学校园里，她是那样卑微的一个，脸上一直挂着谦卑的笑，别人却还不待见。她终于待不住了，闹着要回去，回到她的小山村。

她真的回去了。这期间，他的事业如日中天，他被许多大学请去开音乐讲座，身边不乏优秀女子的追逐。要好的朋友劝他，还是跟乡下的那个分手吧，她不配你的。他不是没有过动摇，且她又不愿到城里来，两个人如此分居着，终不是个长久之策。再回去，他试着跟她说："我可能，回不来了。"她心里不是不明白，却说："随便你，你怎么说，我都听你的。"却在他临走时，找出那支笛子给他，关照道："一个人的时候，吹吹，解解闷。"

意外是在她送他回城的路上发生的，一辆刹车失灵的大卡车，突然冲向他们，她眼疾手快，迅速把他往外一推，自己却被撞飞，当场昏死过去。

七天七夜后，她醒过来，人却变得痴呆。医生说，她的脑子受了重创，要恢复，难。

他没有再回城，因为他知道，她喜欢的是乡下，在乡下，她才能活得舒展。他陪伴着她，叫她英子。乡村的风，吹得漫漫的，门前的空地上，长着她喜欢的大丽花。太阳好的时候，他把她抱到太阳底下，给她吹笛子。他说："英子，当年，你真勇敢啊，你跳上台，对着那些人说，你喜欢我，你要嫁给我。"说到这里，他笑出泪来，而她的眼角，似乎也有泪流。

他再不曾离开她。和他们同在的，还有当年的那支笛子。

此去经年

她在二十岁的那年，遇见他。

那个时候，她还是一棵嫩葱似的，周身蓬勃着青春的气息，漂亮、活泼、纯真。

那个时候，他已娶妻生子，是一个典型的成熟男人，刚劲而沉稳。

她根本没想过他们之间会发生故事，在认识的最初，她甚至在心中把他当长者看待，一口一个老师地追在后面叫，叫得恭敬而谦卑。

他教她如何写文章，他的文章之好在当地是出了名的。而她，是刚分进报社的最年轻的记者，自然要历练一番文字的。

她的文章渐渐写上路了，对他的依恋也越来越深。和他在一起时，她有种莫名的快乐，欣欣然的，想飞。而他对她，亦有种说不清的情愫，在她不在跟前时，他的脑中，时时晃过她微笑的眼。他明白，那是思念。

他不能任由这种感情滑翔，他不舍得伤害她。所以，当她又一次拿了文章去让他改时，他竭力稳住自己，定定看她半天，笑着说，丫头，你可以出师了。那一刻，她的心，宛如在草尖上滑过，痛得不知所以。

空气中，有大把大把的花香。已是三月了，月季开了，桃花、梨花开了，满世界的姹紫嫣红啊。可是，她却感觉到凋零。

在她慢慢转身而去的时候，他突然叹口气，伸了手，拂了拂她额前的发，动作轻柔而温暖，像他的呼吸。她的泪忍不住喷涌而出，大颗大颗的，沿腮边而下。每一滴泪，都仿佛滴在他的心上，他有着微醉的疼。再也控制不住了，他一把揽她入怀。

他们好上了。那是她的第一场恋爱，她倾尽全部热情沉入进去。没有人看好她的爱情，她的父母更是激烈反对，甚至以断绝家庭关系相要挟，但她就是不肯回头。为了他，她纵使做只扑火的飞蛾，亦是愿意的。

他感动于她的投入，决心要对她负责，遂回家提出离婚。

但离婚却是行不通的，反应最强烈的不是他的妻，而是他的母亲。他的母亲一听说他要离婚，立即气得病倒了，丢下话来，若是他离婚，她就死给他看。

他是出了名的孝子，从小失去了父亲，是母亲艰难地一手把他拉扯大，有好吃的尽了他吃，有好穿的尽了他穿。如今他长大成人，怎能违拗了母亲？

婚自然没离成。他觉得对不起她，流着泪对她说，不如分手吧。她摇头，再摇头。握紧他的手，意志坚定地说，她不在乎有没有名分的，只要两个人真心相爱。那个时候，她对他们的未来充满信心，她还有长长的青春可以用来等待啊。

这期间，他的母亲突然中风，半身不遂。他再没过过舒心的日子，日日守在母亲床头，倾尽心力哄母亲开心，哪里还敢提离婚这样的话题来惹母亲难过？

她的等待，便变得遥遥无期。一年，一年，花开了谢，谢了再开。她的青春，在等待中悄然而逝，竟是不落痕迹的一场花开。

和她一起毕业的同学，他们的孩子都快高过她的头顶了。孩子们羞涩地叫她阿姨，她笑着应，心口却一阵一阵地疼。同学劝她，赶紧嫁了吧。她笑，不急不急啊。改日见到他，他眉眼里都是兴奋，他说，老母亲最近身体好多了，可以扶住墙站一会儿呢。她无言。

一日，她一个人逛商场，看到一家三口在买衣，男人给女人买了再给孩子买。一家三口，笑意融融，亲亲热热的，脸上满满的，都是快乐。她站着看，看呆了。心中突然有泪，淅淅沥沥。十五年了，她竟等了他十五年了！那一刻，她委屈得无以复加。那一刻，她渴望出嫁。

再见到他，她平静地说，分手吧，我要嫁人了。

他呆住，好半天才问，你不爱了吗？

我还爱吗？她问自己。曾经被她视为生命似的爱情，如今在她，却像天边飘过的一抹流云。美丽，却不真实。她的热情耗干了，她累了。

原来，等待也会苍老的。十五年，足以把一颗爱情的心，等老了。

转身而去的时候，她没有回头看他。她的背后，日暮苍苍。十五年的花开花谢，她的青春，慢慢剥落。

可好的是，还有一段岁月可走。她要好好去走，走进一场凡俗的婚姻里，哪怕一天为那个人做三顿饭，她亦是幸福的。

从来不曾忘记你

这个故事，是我七十岁的老父亲讲给我听的。

故事的主人公，是我父亲小学时的同学。他们多年不遇了，某天，这个老同学突然找了来。两个须发皆白的老人，在秋日的黄昏下，执手相看，无语凝噎。岁月的风，呼啦啦吹过去，就是一辈子。

他来，是要跟我父亲讲一个天大的秘密。他怀揣着这个秘密，日夜煎熬。这个秘密，不可以对妻讲，不可以对儿女讲，不可以对亲戚朋友讲。唯一能告诉的，只有我父亲这个老同学了。

我父亲搬出家里唯一一瓶陈年老酒，着我母亲炒了一碟花生米和一碟鸡蛋，他们就着黄昏的影子，一杯一杯饮。夕照的金粉，洒了一桌。我父亲的老同学，缓缓开始了他的叙述。

四十多年前，他还是个身材挺拔的年轻人，额角光滑，眼神熠熠。那时，他在一所中学任代课教师，课上得极有特色，深得学生们热爱。

亦早早结了婚，奉的是父母之命、媒妁之言。女人是邻村的，大字不识一个，性格木讷，但长得腰宽臀肥。父母极中意，认为这样的媳妇干活是一把好手，会生孩子，能旺夫。他是孝子，父母满意，他便满意。

婚后，他与女人交流不多，平常吃住在学校，只周末才回家。回家了，也多半无话。他忙他的，备课，改作业。女人忙女人的，家里鸡鸭猪羊一大堆，田里的庄稼活也多。女人是能干的，把家里家外收拾得妥妥帖帖。他对这样的日子，没有什么可嫌弃的，直到他陷入和一个女学生的爱情中。

女学生是别班的，十九岁，个子高挑，性格活泼，能歌善舞。学校元旦文艺演出，他和她分别是男女主持。她伶俐的口才、洒脱的台风，让他印象深刻。他翩翩的风采、磁性的嗓音，让她着迷。那之后，他们渐渐走近了。说不清是什么感觉，见到她，他是欢喜的，仿佛暮色苍苍之中，一轮明月突然升起，把心头照得华美透亮。她更是欢喜的，看见他，一个世界都是金光闪闪的。她悄悄给他织围巾和手套，从家里做了雪菜烧小鱼带给他。课余时间，他们一起畅谈古今中外名著，一起弹琴唱歌。花样年华，周遭的每一寸空气，都是香甜的。

他们爱了。在女学生毕业的时候，他犹豫再三，回去跟女人提出离婚。女人低头切猪草，静静听，一句话也没说。却在他回学校之后，用一根绳子结果了自己的性命。

晴天里一声霹雳，就这样轰隆隆炸下来，他的生活，从此无法复原。女学生悄然远走，像一粒尘，掉进沙砾中，转瞬间消失得无影无踪。他背负着"陈世美"的骂名，默默独自生活了十年后，才又重新娶妻。妻是外乡人，忠厚老实，不介意他的过往。就冲着这一点，他对妻是终身感激的。

很快，他有了儿子。隔两年，又有了女儿。儿子渐渐大了。女儿渐渐大了。小家屋檐下，他勤勤恳恳地生活着。年轻时那场痛彻心扉的爱情，早已模糊成一团烟雾。偶尔飘过来，他会怔上一怔，像想别人的事。那个女学生的面容，他亦记不起了。

他做梦也没想过他们会重逢。当年，她与他分手时，已怀上他的孩子，她没告诉他。一个人远走他乡，生下儿子。因心里念着他，她一直没结婚，历尽千辛万苦，独自抚养大了儿子。儿子很争气，一路读书读到博士，漂洋过海去了美国创业，自己开一家公司，生意做得如火如荼。

她把一切对儿子和盘托出，携了儿子来寻他。老街上，竟与在购物的他不期而遇。隔着人群，她一眼认出他，走到他跟前，颤抖着问，你认得我吗？他傻愣愣地看着眼前这个华贵的妇人，摇摇头。

她的泪，落下来，纷乱如雨。她只说一句，你还记得当年的那个女学生吗？再说不出第二句话来。他只听到哪里"啪啦"一声，记忆哗啦啦倾倒下来，瞬间把他淹没。以为已遗忘掉的，却不料，轻轻一触，往昔便如杨絮纷飞，漫山遍野都是。

她说，等了一辈子，只求晚年能够在一起，哪怕不要名分，就砌一幢房，傍着他住，日日看见，便是心安。或者，他们一起去美国，和儿子在一起。他的心被铰成一块一块，他多想说，好，我不会再让你等了。却不能。他有妻在家，他不能丢下。

她怅然离去。离去后不久，美国的儿子来电，说她走了。来见他时，她已身患绝症。死前绝食，说生的无趣。却一再关照儿子，要每月记得给他寄钱用。

他躲到没人处，痛哭一场，曾经的花样年华，都当是一场梦。回家，妻端水上前，惊问，你的眼睛怎么红了？他答非所问，环顾左右，说，饭熟了吧？我们吃饭吧。

今夜落花成冢

∴

　　那年，是爱过他的吧？他坐在她的后排，两层的教学楼，太阳总是穿过窗户，花瓣儿似的落下来。窗外有很高很高的泡桐树，开满紫色的花。花开时节，窗户上都镶着花了。她喜欢微侧着头，看那些花，神情专注。这时，他在她的身后吹横笛，把一首曲子，吹得花飞花谢花满天。

　　她用眼睛的余光，偷偷打量他。夕照的金粉，混合着泡桐花的紫，洒他一身。他说，四岁上爹就没了。只这一句，便让她的心疼疼地跳了跳。她想伸出她的手，轻轻拍拍他，说声，别怕，有我呢。

事后她也觉得好笑，她不过是一清贫的小女生，又能给他多少的暖？然她的确是能在一瞬间成为一座山的，替他挡了所有风雨。她想这么做。

他和他的姐姐跟着寡母，艰难度日。上学的费用，都是东挪西借而来的。彼时他的理想，不过是早早挣上钱，给母亲扯一身好衣裳穿。母亲为了他和姐姐，多年不曾置办过新衣了。

她的家境也好不到哪儿去，虽说父母健在，然兄妹多，土里扒食，家底也很有限。但她还是省下钱来，替他垫交了所有的复习资料费用。偶到食堂打一份好饭菜，一大半，都会倒到他碗里。她说，太多了，她吃不下了。

他跟她说过一句模糊不清的话，那是在她生病请假两天，再回到学校时，他说，这两天，我过得无精打采、心神不宁。她悄悄咬了嘴唇笑，她猜测着那模糊不清的话语里，是他对她的牵挂。她对他，很重要。

转眼高考，转眼各奔西东，临别时，他反复问她的一句话是，你会忘了我吗？她羞涩地笑，说，不会。他说，我也不会，永远不会。看她的眼神，如钻石闪光。

这便是承诺了，她以为是。

大学里，等他的信，是她最大的快乐。他的信纸上落下的，不过三言两语，她总要读上无数遍，直到信纸被翻软塌了，上面每个字的样子，都深深刻进她的脑子里。她还是要展开信纸读，因为那上面，留有他的温度。

他不说爱，她也不说。他们更多的是说过去的事，两层的教学楼，她坐他前排，他坐她后排。太阳棉絮儿一样地飘落。

他们就这样地、不远不近地联系着，她期盼着有一天，他会说，我忘不了你，我们在一起吧。她将义无反顾地答应一声，好。

辗转又半年。突然传来他的消息，他与一银行行长的女儿订婚了。传递消息给她的，是他们的高中同学。同学充满同情地问她，你们，没发生什么误会吧？在同学的眼里，他们已然是一对。

她懵了。想着责问一下的，不妥。想着藏了痛的心，去祝福一下的，终不肯。他无信来，她无信去，自此断了联系。却从此，怕看到与他相似的背影，怕听到与他相似的声音。直到遇到另一个人，那人握紧她的手，说，谢谢你在等我，你就是我今生要找的人。她的泪，一下子奔涌而出。

经年之后，她和那人，在寻常日子里安稳。突然收到他寄自远方的明信片，明信片上，一树紫色的泡桐花，开得欢欢的。他说，你还记得我吗？我很想你。

她对着那一树的花看，看得恍惚。之前，有消息曾兜兜转转抵达她的耳边，说他过得不好。有钱人家的女儿，总是骄纵成性的。他在那个女孩的飞扬里，一日一日失去热情和骄傲。

若是，若是当年的他，选择的不是行长的女儿而是她，他们会怎样呢？她不能确定，她与他，是不是也如现在这般，有着长长久久的幸福。

夜，来了。她推开窗户，看外面的天。天很低，月亮很矮，仿佛一伸手就能够到。从前再多的花开，也都隔着岁月了，眼前的幸福才是最真切的。她没有给他回信，回了又如何？花开花落，自有定数。

美　满

老班长的婚姻，一直不是我们所看好的。

那年，他和我们一同进大学读书，满眼望过去，都是青葱一般的脸庞。唯有他，显得很是老气横秋，沧桑着一张脸，一副受苦受难劳苦大众的模样。这让他看上去比实际年龄要大很多，加之他为人憨厚，所以特像大哥。全班同学遂一致通过，推他为班长。这之后，我们便都称他班长，他的名字，渐渐被我们遗忘。后来，不知是谁，又在班长前面加了一个"老"字，从此，"老班长"这称呼就流传下来了。

那个时候，我们都是情窦初开的一群，花前月下，各揣着各的秘密的小心事。老班长却从容淡定得很，看我们像看一群不谙世事游戏玩耍的孩童，眼神里，满满的，都是宽容和溺爱。

都说成熟的男人最有魅力。这个时候的老班长，看上去，真的是魅力无穷。又加上他为人谦和，成绩冒尖，文采也特别好，小女生们动开了心思。就有小女生自告奋勇要去攻克老班长这座堡垒，但老班长不为所动。他可以包容小女生的种种任性，也可以躬身替小女生做这做那，却绝口不提感情的事。

泄了气的小女生，多方打探，终于探出，老班长在老家已经定了一门亲，在来上大学之前，对象是和老班长一个村的。这个发现，让我们都大吃一惊。我们震惊的是，看上去这么老实稳重的老班长，怎么暗地里留着这一手？

见到老班长老家的那个对象，是在半个月后。她单身一人就跑来了，穿着件大红格子外套，扛着一个巨大的包裹，包裹里，塞满了她烙的饼。说是老班长喜欢吃的。她长相普通，身材矮矮的、胖胖的，望上去很健康很壮实。她亦步亦趋跟着老班长，很小心地东张西望。我们不动声色打量着她，觉得她与我们文采斐然的老班长，到底是不般配的。

关于他们的故事，便有了种种的猜测。最后，我们把它们汇总到一起，理出个我们自以为是的答案：老班长家贫，他念书的钱，都是这个女孩一家提供的。为此，女孩把学业给荒废了。老班长无以为报，只好跟她定下这门亲。

然猜测也仅仅是猜测，谁也不好当着老班长的面，去核实这件事。这之后，我们的话题，不时会扯到老班长身上。为他叹息着，觉得他这一生是给毁了，那个女孩子，无论长相，还是学识，都与老班长极不合拍。我们感慨着人世间的姻缘，总是阴差阳错着，难尽人意。有小女生预言家似的说，看啊看啊，不出两年，我们的老班长肯定会把她给甩了。

然这样的预言，最终却没有应验，老班长非但没有甩掉那个女孩子，一毕业，他就跟她结了婚。我们几个大学同学遇见，说起老班长，都一脸惋惜，以为他的婚姻，是极失败的。

十多年后，有当年的大学同学牵头搞聚会，分散在各地的我们，以聚会的名义，得以相见。握手，笑谈，辨认着当年的模样。十来，足以改变一个人的样子。我们望着彼此，只剩下感慨了。

老班长也来了，他的模样却没大变，反倒显得比从前更精神更年轻。看得出，他的日子过得相当滋润。大家坐定，喝酒，聊开，说起各自的婚姻，都少了当初的浪漫和激情，有离了的，有淡淡过着的。唯有老班长一脸幸福，说，我觉得婚姻很好啊，你们嫂子天天烧好了饭菜，等我回家吃。

我们一时间都有些恍惚，微笑着沉默起来。真正的爱，原是耐得住岁月的磨损的。我们突然都羡慕起老班长来，他的婚姻没有大起大落，只平淡着那一份家常，却格外温暖动人。就有酒喝多了的，举着酒杯，跑到老班长跟前去，要跟老班长干杯，大着舌头由衷地感叹，老班长，我们最敬佩你了，什么叫美满姻缘？你和嫂子就是啊。

爱有时来不得半点心软

:

    一个从乡下进城打工的女孩，爱上了一个城里的男孩。为了接近男孩，女孩用尽温柔，终于打动了男孩，两人确立了恋爱关系。但这之后，女孩却变了，她总是患得患失，害怕男孩变心，所以对男孩的行踪控制得很紧。

    男孩不胜其烦，屡次想结束他们的关系，但都被女孩的泪水给顶了回去。男孩想，她是爱我的，或许结婚后会好些。于是他们结了婚。可是婚后，女孩反而变本加厉，对男孩管得更紧了。一次，男孩因为有应酬回家晚了，女孩不依不饶追问他都跟谁在一起了，还一一打电话去核实。男孩尚存的温情，就这样一点一点散去。

男孩对女孩说，要不，我们离婚吧，那样对你、对我，或许都是好的。女孩听了，盯着男孩看了几分钟，然后什么也没说，就往阳台跑。男孩赶紧跟在后面追，在女孩纵身跳下楼的前一秒钟，男孩从背后抱住了女孩。

事后，女孩泪流满面地说，在这个城市，我举目无亲，就你一个亲人，你不要我了，我还有什么活头？男孩的心，便如从荆棘上滚过，疼得迸出血珠。他从此不敢再提离婚的事，继续和女孩把日子过下来。女孩却因此抓住了男孩的"软肋"，动不动就嚷着要跳楼。每一次，都是男孩说尽好话才作罢。

一日，单位临时派男孩出差，因为走得匆忙，男孩没有回家。他在半路上，给女孩打电话，告诉她他出差去了。女孩当即狂怒不已，说男孩糊弄她，怎么早上出门时没听他说过？她要男孩立即赶回来，否则她就跳楼。男孩这次没听女孩的，认为她不过是闹一闹，他关了手机，继续他的行程。

半小时后，单位找男孩的电话几乎打爆，好不容易有人辗转找到男孩，没有多余的话，只让他快快回家。

女孩跳楼了……

男孩举债几十万，总算替女孩捡回一条命，女孩却终身瘫痪。男孩在一瞬间苍老下去，他痛哭失声，说在恋爱的当初，若是他能硬着心肠跟她分手，也不至于落到今天这步田地。

爱，有时真的来不得半点心软。用心软泡出来的爱，就像用丝线把风铃挂到悬崖边，看似温馨，但稍有不慎，就会摔得粉身碎骨。

找回丢失的骆驼

:

初见她，她小鼻子小眼的，不美。打扮也老土，长衫子格子裙，裙摆一直拖到脚踝。唯一可取之处，就是人老实。一顿茶喝下来，她只会低头浅浅笑，他跟她说什么，她都说好。他母亲只一眼就喜欢上了，母亲说，如今像这样忠厚老实的女孩子，不多见了。

那么好吧，就是她了。他们闪电般地确立起恋爱关系。一贯节俭的母亲，出手大方，一甩手，就给了她一条钻石项链做见面礼。他知道母亲是急了，他已经33岁了，周围和他一般年纪的人，小孩早就会叫奶奶了。

之前，他有过一段刻骨铭心的爱情。女友是他的大学同学，两个人金童玉女般的，不知羡煞多少人。然八年的爱情长跑，换来的却是离散。口口声声说爱他的女友，某天，突然不声不响地办了出国手续，跟一老外，漂洋过海去了美国。邮箱里，女友给他留了简短的几个字：对不起了，请忘掉我。八年的感情，就这样风吹云散。

他大病一场，心如止水。要不是母亲的眼泪严相逼，他是断断不肯出来约会她的。她却不知，兀自欢天喜地地，以为觅得好夫婿。

三个月后，母亲催他们结婚，他一点也没犹豫，点头同意了。他想，跟谁结婚不是结婚呢？爱情早已是凋零的花瓣，美好也好，忧伤也罢，都已零落成泥碾作尘了。他不指望能够记住什么，那么，就选择遗忘吧。

他把所有的波涛尽收心底，日子风平浪静地过着，不温，不火。倒是她，兴高采烈地经营着他们的婚姻，今天买一盆花，明天扯幅漂亮的窗帘。她跑过去问他，好看吗？他往往头也不抬地应付，你看着好就行。

她渐渐习惯了他的冷淡，以为他天生就是这个样子。她兀自喜滋滋地过着日子，在不到一百平方米的家中，不停地穿梭着，像只勤快的小燕子。他看着贤惠的她，有过不忍，可那又怎样？爱不是说爱就爱得起来的。

那日，他晚归，意外的是，她竟不在家。空荡荡的家里，没有了她的穿梭，竟异常的冷清。他盘腿坐到沙发上看电视，把声音调得大大的。电视里，正播小城新闻，画面上，一片火起，烟雾腾绕。现场记者语气急速地说，观众朋友们，在我身后，就是S商厦，傍晚五时，三楼服装部突起大火……

他手中的遥控器，"当"一声掉落到地板上。他想到她，她就在S商厦的三楼服装部啊。他赶紧打她手机，无人接听。再拨，还是无人接听。他心里当即"咯噔"一下，顾不得换鞋，拉开门就冲了出去。

楼梯口，他与回家的她相遇。他确信眼前真的是她这个人时，气急败坏地冲她吼，怎么打你电话你不接？怎么这么晚了才回来？她不知所措地看着他，解释道，她下午被商场派去一家服装公司验货，货太多，所以回来晚了。

他不再说话，不顾她的诧异，紧紧拥抱了她。他想起阿拉伯民间有这样一则谚语，神要让人快乐的诀窍很简单，今天让你的骆驼迷路、消失，明天让你找回骆驼。他暗自庆幸，他把他丢失的"骆驼"找回了家。

跟你回家过年

那个时候，他还不能确定，是不是爱她。

他们是在一次聚会上，经朋友介绍相识的。

相识的最初，他对她，没有特别的感觉，仅仅是，看着还顺眉顺眼，便淡淡地相处着。也无约定，也无承诺。她来，他们会一起做饭吃。她会烧剁椒鱼头，红辣椒映出一盘子的欢喜。他会烧芋头羹，满满一大碗的热腾腾。屋子里的味道，便很家常了。而屋外，阳光有些淡淡地飘着，让人恍惚，这样的日子，他们已过了很久。

却没有刻骨的相思与牵挂。异乡的天空下，两个孤独的人走到一起，有时不是因为爱，而是因为寒冷和寂寞。他们需要相互取暖。

偶尔的，他也会感动。譬如，在他生病的时候，她穿过半个城市来看他，给他煮软软的绿豆粥喝。可是，那又怎样？爱情总敌不过现实的无情——他家境贫寒，穷山沟里还有年老的父母，需要他照应。

以前，他曾疯狂地爱过一个女孩，他和女孩花前月下，天长地久的话，说了一遍又一遍。也有美好的设想，在这个城市买房、结婚、生子，过幸福的小日子。

冲突却因过年而起。他是要回他的老家过年的，千里之外的小山沟里，有他倚门而望的父母。他希望女孩能和他一起回家，因为在他们家乡有个风俗，女孩到男孩家过年，才算正式明确了双方的关系，才算是一家团圆。

女孩却不肯去。女孩嫌小山沟的遥远和艰苦，且女孩的计划里，是要他陪她去湘西凤凰的，她要住吊脚楼、吃姜糖、听山歌。

结果，他一人坐车回去。半路上，他收到女孩发来的信息：当你选择了你的小山沟的时候，你已放弃了我。曾经的爱情，从此成为悲寒的过往，他的心，再爱不起来。

转眼又是新年至，他照例收拾了行囊回家。她去送他，路过一家商场时，她让他停一停，她跑进去。再出来，手里就多了两盒点心，她把点心塞到他手里，说，这是我送给你爸爸妈妈的，代我向他们问好。

他的心，突地一软，久违的感觉，漫上心头。他脱口问她，你可以跟我一起回家过年吗？

她愣住，低头笑，为什么不可以？再抬头，眼里已有泪花在闪。

他什么话也说不出，上前温柔地牵了她的手。冬天的阳光，羽毛似的，飘落下来，罩着两个甜蜜的人。古老的节日，成全了世间最凡俗的爱情，她说要跟他回家过年，让他看到她低下的心，那里面盛着的，是最朴实的感情：爱一个人，连同爱他生长的地方，爱他灵魂深处的家园。

烟火爱情

:

　　好友叶子最近与相恋六年的男友分了手，让所有认识他们的人都大吃一惊。当年花前月下，如胶似漆。局外人不禁唏嘘，恋爱了这么多年，多不容易，怎么说分手就分手了呢？

　　问叶子，是不爱了么？叶子摇头，旋即有泪盈盈而下。叶子说，他可以买大把的玫瑰花给我，却不能给我一个婚姻的承诺。而我，再不需要浪漫了，我想要的是一个安稳的婚姻。叶子说，我老了，我再也等不起了。

　　无言。再多的恩爱，若不用婚姻来盛装它，也终如流沙，一一地流散。

我曾跟几个女人在一起闲聊，讨论男人说得最动听的话是什么。一个女人不紧不慢地说，她以为男人说得最动听的一句是，我等你回家吃饭。她说起她曾因不满平淡无奇的婚姻，负气离家出走，一个人远远跑到另一座陌生的城。夜晚，那座城灯光璀璨，像一颗迷人的水晶球，她却突然感到孤单无比。她不知不觉拨了家里的电话，老公好像一直守在那一头，他什么也没问她，只一句，我在等你回家吃饭。她的泪，涌了出来，原来，她追求的幸福，一直藏在烟火之中：一张四四方方的桌，桌上的菜冒着热热的汽。灯光温暖。一屋的温馨。地久天长。

我想起一些老式的婚姻，譬如我祖母和我祖父的。新婚之前，他们一直是陌生的两个。当一顶花轿把年轻的祖母，荡荡悠悠载进祖父家的时候，祖母的手上，紧紧攥着她母亲亲手为她缝的围裙，不管那个男人如何，她是铁定了心要和他过一辈子的。

围着三尺锅台，祖母就真的把日子过了下来，不离不弃。到老了，常看到她和祖父两个，相偎着在院门前晒太阳。天蓝蓝的，风轻轻的，岁月安详。

一日，我和老公因谁更应该做饭的问题而拌嘴，回家对祖母诉说。祖母只笑着听，半晌之后，她的手轻轻地按在我的手背上，慈祥地说，儿呀，好日子是烟火熏出来的。

从此懂得，爱情的幸福与恒久，在于婚姻。而婚姻的幸福与恒久，在于它的烟火气。《诗经》里那个爱上窈窕淑女的青年男子，寤寐思服辗转反侧到最后的愿望，是要"钟鼓乐之"。干什么？就是要把心爱的姑娘娶回家啊，和她一起，在一个屋檐下吃饭。这是凡尘中的烟火爱情——柴米油盐地搅拌着，如此，爱情才真正入了味，融入生命里，和着血液一起奔流，成就凡俗里的地老天荒。

如果真爱一个女人，就娶她回家吧，给她一段烟火的爱情，让她那颗漂浮不定的心，就此停泊。

淡淡的幸福

女友可欣的爱情之路，一直不平坦。

她天生易做梦，中韩剧毒太深，期望能遭遇一段缠绵悱恻的犹如韩剧般的爱情，所以很看不起平常的相携相拥。她说，无波无折的爱情，太苍白，我不要。

于是一年一年守了去，过尽千帆皆不是。听得见青春在骨头里簌簌掉落，却还是孑然一个人。她的父母急了，四方托人做媒，她蜻蜓点水似的去打个照面，回一句，太平庸。她有个奇怪的理论：易得的东西，也是易失的。对爱情来说，亦如是。所以她宁肯等下去，也要一段刻骨铭心的。

终于给她等到了。只可惜，那人已是他人夫。但她不在意，她全身全心地沉进去，只因为这段爱情，合了她心中的憧憬——缠绵悠长，曲折通幽。那个男人对她说，他不爱他的妻，那是一场政治联姻。男人说时眼底有泪，这样的泪，让她的心柔软地痛，又柔软地醉。他们在无人的地方疯狂地拥吻，而后别离。心，被切成一段一段的期待。

爱情是随她愿了，她却开始憔悴。花好月圆，那是别人家的欢乐。而她的欢乐，是随了他的，在他倾洒给家人的杯子里，分得一点点泼溢出来的。每次约会，都是偷偷摸摸，见不得光，生怕被熟人看到了。她就像一株生长在阴山背后的植物，望见的，永远是别人的阳光。有时一个人坐在公交车上，车窗外人流如织，她会突然地泪流满面。

终于看清，她的美好年华，在这场悱恻中，就像传说故事《追鱼》里鲤鱼精身上的鳞，被爱一片一片剥落，痛入骨髓。鲤鱼精还有最后的盼头——凡尘里，有守着她的郎君张珍。而她，却没有期盼，纵使拔尽身上所有的鱼鳞，她爱的那一个，还是别人的夫。

她很快寻一个平常男人嫁了。无波无浪，却有着说不尽的宁静和安详。她像飞倦的鸟，终于找到一个巢。她在巢里安安稳稳，很快胖了，脸上的笑容也日渐加深。

不久，有了孩子。她平平庸庸地忙碌起来，所有的缠绵悱恻，只是青春时做的一个梦。她说起爱人和孩子来，也是眉毛飞扬的。某一日，闲坐着与人聊天，聊到正酣，她突然一声惊叫，呀，忘了，煤气灶上还煨着一锅汤呢，怕是要熬干了！赶紧跳回厨房去，一副居家小妇人的模样。叫人无端感动。

凡俗的爱情，原来是这个样子的：她和他一起走进婚姻里，过柴米油盐的小日子。属于他们的淡淡幸福，就像煤气灶上煨着的一锅汤，慢慢熬出香味来。功德圆满的，可以求得个携手夕阳下。那个时候，儿女大了、飞了，再无羁绊。世界只剩下，她，和他，好好再恩爱一场。

孤　寂

———

∶

小区停电，是偶发事件。事前一点预兆也没有，家家户户都是灯火辉煌的。从没有拉上窗帘的窗户里，可以看到男人女人的影，在屋子里快活地走动。说话，看电视，拿物什……活着，就是这样的生动，一天一天的。

突然间就停电了，听得女人们几许惊讶的"啊"的一声呼叫，复后，小区陡地陷入宁静。如同置身于一座荒岛之中。那个时候，我正在电脑前敲字，"啪"的一声，电脑变成黑屏，所有的文字，转瞬之间，消失在黑暗之中，成了没有灵魂的影子。

　　家里没有可以用来照明的东西。蜡烛也没有。商店里仍有蜡烛卖，价钱不便宜，它已不是供照明所用，而是用来浪漫的。亦不是传统的圆柱形的白蜡烛或红蜡烛了，而是设计得相当完美的工艺品。我曾在元旦时得到朋友赠送的这样一个蜡烛，我之所以称它"个"而不称"支"，是因为它是装在一个水晶瓶里的，水晶瓶的内壁上散落着一圈桃花瓣儿，是镶嵌在玻璃内的。蜡烛点亮的时候，那些花瓣儿仿佛在游动，小金鱼似的。

　　朋友说，晚上点亮，对着它品茗，是极温馨的了。

　　我笑笑。想当初青春时节，有这样浪漫的心，却相遇不到肯陪我一起浪漫的人。而现在，纵然有这样的人愿意陪我，自己早已失却了这样一颗浪漫的心了。这就是人世间的阴错阳差吧？年华似水，它总是不知不觉在消磨着什么。人生起落，岁月沉静，再多的恩爱情仇，也终会烟消云散。

　　那个蜡烛，我后来再没点亮，它搁在我的办公桌上很久。一天同事带她的小女儿到我办公室来，小孩子看到我桌上那个水晶瓶儿，小眼睛一下子亮如星星。我随手送了她。孩子喜得一个劲说谢谢阿姨，珍珍爱爱地捧在手心里。孩子是欢愉的，她心底的欢乐，总也燃不尽。我相信，她会让蜡烛的光芒，一直燃到记忆的尽头。

　　我的记忆跟着浮上来，在黑暗里。那个时候，小着呢，茅草房里，四代同堂：太婆，祖母，父亲母亲，还有我们兄妹四个。一家人，围坐在煤油灯下，屋子里总能照出一方晕黄的温暖。应该是七八点钟的光景吧，吃罢晚饭了，身上弥漫着玉米稀饭所特有的香甜味儿，我开始摊开田字格的练习本，煞有介事地在灯下写字了。也不过才读小学一年级啊，所识的字不多，听得见成长的声音，在纸上欢快地呼呼啦啦。三个女人的头挨到我边上看我写字，太婆、祖母、母亲，三个女人都不识字，却都齐齐夸我，梅丫头的字写得好呢，瞧，小手握笔握得多直啊。我立即神采飞扬起来，小脸在晕黄的灯光里，激动得通红通红了。

而今，夸我的三个女人中，太婆老早就走了，坟上的草青了黄，黄了又青。祖母也已离去。母亲亦老了，像只守家的老猫，在屋檐下忙着转着。但动作明显地迟缓了不利索了。终有一天，那个在我记忆里千转万回的老家，它会变成一片废墟，在岁月的深处，我们谁也顾不了谁。因为我们都将老去。

一滴泪，掉落在我的臂弯里。

一个远在大西北独自做工的朋友，某一天夜里，给我打电话。开口一句就是，梅子啊，我不得安宁。那时我坐在一片灯火辉煌里，不觉得那话的分量。只是诧异地问，怎么了？他断续地说，黑暗……一个人的黑暗啊，无边无际。

无法安慰，只有倾听了。隔了遥遥的距离，我听见他的哭泣。男人的泪——黑夜里的孤寂。这世上，总有些沉重，有时要超出我们的承受能力。但我们，总要活下去的是不是？好好地活下去，活到光明到来的那一天，活到希望到来的那一天。

他笑了。

　　我亦笑。人都有万分软弱的时候。那个时候，我们需要的，不过是借一个肩膀，依靠依靠，而后，好再次上路。

　　突然想起张爱玲来，黑暗里，她念着想着那个负心的胡兰成，终忍不住，千里去浙江寻夫。但他的身边，早已有了其他女人。十几天的等待，没有结果，她不得不从温州一路跌跌撞撞而归。走的那天细雨霏霏，她站在船舷上，回望过去，隔着灰灰的阴雨，仿佛有一只船在天涯叫着，凄清的一两声。她的泪，泫然而下。

　　这个很硬的女子，这个从不轻易落泪的女子，因情，却也

糊涂不堪，乃至最后枯萎。无数的黑暗里，她独饮眼泪。局外人都知道这是多么的不值，都知道。唯她一个人迷糊着。这是没办法的事，爱就爱了，没办法了。

亦想起看过的一个徽州女人的故事，还没出嫁呢，她所要嫁的男人却突然害病死了。这个女人，竟为他守了一辈子的寡。长夜难度，她把一罐一罐的铜钱倒到地上，然后在黑暗里，再摸索着慢慢把它们捡起来。她因此而赢得了一块贞节牌坊。

她是在黑夜里老去的一朵花，是一滴黑色的眼泪，永远滴落在历史的页面上，让后来的女人们痛着、庆幸着。后来的女人，再多的恩怨纠缠，总也有个具体的对象，痛也痛得具体，恨也恨得具体。就像张爱玲，虽被情伤得千疮百孔，但比起那个徽州女人来说，到底要幸福到千倍百倍去了。

爱有所指是幸福的。有时，恨有所指，未尝不是一种幸福。

我们就这样在爱恨交织中，过着我们的日子。

屋顶上突然滑过一阵响动，侧耳听去，是两只猫，在我的屋顶上缠绵。这边叫一声，那边回应一声。它们把静的夜，搅动出温度来。风吹过窗帘，如花影飘摇。电仍没来，我安静地抱臂等待着。

第四辑

回不去的流年

————

：

我们有时，寻找的，不过是记忆里的从前。当年
不曾以为意的，日后却念念不忘，只是因为啊，从前
的青春年少，我们再也回不去了。

我的旧时光

————

因几家刊物，要用我的照片，我抽了空去拍照。

不喜欢看着镜头了。有时填表要用照片，我宁愿翻箱倒柜找些老照片，也不愿去拍新的。

以前却不是这样的。说到以前，花影飘摇般的，几十年的光阴，就飘过去了。那个时候，我扎两条小辫子，嫩草样的，坐在一群同样嫩草般的同学中间，念书。窗外的春光，伸出无数条手臂，冲我们招着，招惹得我们的心，痒痒的。哪里坐得住？眼睛看在书上，心思却如蒲公英的种子，飞得满天满地都是。同桌在我耳边悄语，苗圃里的桃花都开了呀，我们拍照去？闻此言，我简直一刻也待不下去了。一下课，撺掇了另几个女孩子，偷偷溜出校门去，底下的课是不管了的。

苗圃离学校有十来里路，里面长满各种花草树木。春天的时候，花红花白，灿烂成海。便有照相师傅来。是从几十里外的老街上来的，也只在春暖花开时，他才肯背着他的照相器材来。我一路上担着心，怕照相师傅不在。同桌肯定地说，在呢，他这几天都在。

果真在。我们欢喜得跳起来，倚一棵开满花的桃树，巧笑倩兮。桃花映衬着一张张小脸蛋，都是画中人啊。我们围着照相机的玻璃框看，一惊一乍地叫，好漂亮！落进眼里的，全是花团锦簇。

回到学校，班主任正满脸怒气地候着我们。作为好学生的我，竟然带大家逃了课，那个老好人也忍不住冲我大光其火。我低着头听他训，心却欢喜得冒着小泡泡，脑子里回放的全是刚才的一幕幕，那一树的桃花呀，那欢笑的脸蛋啊。照片上的我，又将是什么样子呢？

好不容易盼得取回照片了。黑白的景，黑白的人儿，并不是想象中的桃红柳绿。但看着还是满心欢喜。美！大家相互传阅，如此羡慕地叹。小心地把它揣口袋里，不时拿出来看。

那时，我最大的梦想，是拥有一款照相机，想怎么拍就怎么拍。那时，我喜热闹，整日顶着一张素素的脸，天不怕地不怕地昂着。现在想来，那时的我，穿着最土的衣衫，黑黑的，胖胖的，算不得美吧，却有青春年少作底子。

现在，我越来越安静了，是尘埃落定。一家跟我合作良好的杂志要开笔会，早早邀请了我。我斩钉截铁地回，不去。那边惊讶，问，为什么呢？你不想见见我们大家吗？我笑，不作答。若换作十年前，我一定欢欢喜喜跑过去。而今，我早已看开许多，不强求，不奢望，不去扎堆儿，一切的繁华热闹，终究要归于岑寂。我只想安静地看我的书，写我的字，画我的画，听我的音乐，过我凡俗的小日子。你喜欢也好，不喜欢也罢，都无甚要紧了。

突然理解了晚年的张爱玲，她独来独往，把自己隔绝在烟尘之外，原不过想求得属于自己的安静。浮华人生，于她，是一树花开过。开过也就开过了，再有花满枝，已不是昔时的了，已与她无关了，她只想静静老去，老在安详里。

看宋丹丹的《幸福深处》，里面有这样一段描述，说的是她和初恋情人分手，她仍待在原来的老巷子里，他却出国了。心里痛着，无数遍设想着多年之后，他们重逢的场景。那个时候，他回来了，来找她，在她住过的巷子里，一家一家地敲门问，请问，这儿住着一个叫宋丹丹的老太太吗？

我亦这样想着，当我老了的时候，正在太阳底下眯着眼打盹儿呢，忽然跑来一陌生人，问我，请问，这儿住着一个叫丁立梅的老太太吗？她的文字，温暖了我几十年呀。

如果这样，很好了。

黑白色的回忆

：

　　父亲在32岁上，照过一张小照。在上海城隍庙照的，二寸，黑白的。父亲那时是送姐姐去上海看腿病的——姐姐的腿被滚水严重烫伤，整日整夜地哭。父亲的心被折磨得七零八落。在姐姐的腿伤稍稍好了之后，从不迷信的父亲竟然跑去城隍庙，想给姐姐买一个护身符。

　　父亲最终在城隍庙买没买到护身符，我不得而知。但父亲却留下一张小照。当时父亲看到一家照相馆，不知出于什么心理，就走了进去，就拍了一张二寸的黑白照。照片上的父亲，脸上有着深刻的忧伤，却挡不住风华正茂的英气。那张小照带回来，被许多人争相传着看，都说照得好。多年之后，我在镜框里再看时，发觉父亲的那张小照，特像电影演员赵丹。而这时的父亲，正倚在家里的沙发上打瞌睡，衰老得似一口老钟。

记忆中的父亲，是没有这么老的，是永远的 32 岁的风华。在一大帮大字不识一个的乡人里头，父亲是多么的出色，他不但断文识字，吹拉弹唱，也无所不会。那时的我们，喜欢围了父亲转，喜欢听父亲拉二胡、吹口琴、哼《拔根芦柴花》的小调。我们也喜欢争相把父亲的小照偷出来，在别的小朋友面前炫耀，说，喏，这是我爸。赚尽骄傲和自豪。

我上学了，成绩很好。父亲跟人说，只这个女儿，是他的翻版。但父亲从未指导过我的学习。只有一次，我伏在桌上用红红绿绿的粉笔画人，那时我迷恋画画，喜欢画人，把人涂得五颜六色才觉得漂亮。父亲从我身旁经过，停下来看我画，看了会儿，他俯下身子，帮我把人的耳朵加上，温柔地说，应该这样画。又揩掉那些五颜六色，给人穿上浅褐色的中山装。我对着看，竟发觉那画儿有些像镜框中的父亲了。父亲原来还会画画啊，我那时的惊异简直无以复加。到学校后，自是免不了在同学面前夸耀一番，说我爸会画照片上的人呢。

当我的书渐渐读多了后，对父亲的崇拜渐渐少了，以至到无。我眼中的父亲，与其他庸常的父亲没什么两样，他抽难闻的水烟，半蹲在檐下，呼哧呼哧喝稀饭。及至我工作了，父亲来城里看我，当着我的一帮同事，他把大厦读成大夏。我羞红了脸纠正。父亲讪讪笑，再读，还是读成夏。我只有摇头。

父亲老了，很多的病也就上了身。最严重的是脊椎病，压迫得双腿不能走路。这时的父亲无助得像个小孩，被我接进城里来看病，完全听任我的"摆布"。神情落寞。

一日，我约了几个朋友出外游玩，拍了许多照片。回来，我一边翻看照片，一边随口对坐在沙发上眯着眼打盹的父亲说，爸，我们也来照张合影吧。父亲一下子睁开眼（我怀疑他一直在假寐），眼神亮亮的。他站起来，病腿也好似比平常好了几分，他走到我面前的椅子上坐了，对着镜头认真摆好姿势，开心地说，你不嫌爸爸老吧？

我把那张照片洗出来，效果很好。照片上，我与父亲，都笑得满脸生辉。父亲久久地对着看，嘴里说着，拍得真好啊。我知道，这张照片从此后父亲将会贴身揣着，逢人便要掏出来炫耀，像小时我炫耀他的照片一样，他会指着照片上的我对别人说，喏，这是我小女儿，是个作家呢。

最后一片老房子

:

　　最后一片老房子，在小城的护城河畔。灰白的墙，黛青的屋顶。绿苔，狗尾巴草，还有间或的断壁残垣。无不诉说着年代的久远。

　　老房子并不惹眼，四周高楼林立，它们很容易被人忽略。像蜷缩在角落的一只灰黑色的猫。

　　年轻人不屑于住这样的房子，能搬的，都搬出去住了。只是些念旧的老人，执意要留在这儿。屋后有河，他们日常的洗洗汰汰，还是喜欢到那条并不很清澈的河里去。三两个老先生

156

老太太，在洗洗汰汰中闲话一些家常，无非是你家今天吃什么了，或你家儿子最近有没有打电话回来。数十载的岁月都是这样过来的，仿佛，从不曾改变过。

外地人来小城打工，要租房，寻一圈，最后寻到老房子这儿来。看一眼，就喜欢上了。老房子多像慈眉善目的老祖母呵，能慰藉一颗漂泊很远的心。房租实在便宜，他们很快谈妥，迅速搬进来。原本寂静的檐前，晾起一片衣衫。远远看着，像舞着的大蝴蝶。

有一对在菜市场卖生姜的山东夫妇，是老房子的老主顾了。老人们不怎么听得懂他们的话，都称他们为蛮子。他们笑笑，应了。

他们住下的第二年，年轻的女人怀了孕，每日里腆着个大肚子进进出出。老人们就提醒，走路慢一点，不要摔着了。家里若有了好吃的，老人们会匀出一份来，送给女人吃。他们憨憨笑，没什么报答，就往每家送些生姜。

不久，女人回山东待产。再来，怀里已抱着一个咿呀学语的小男孩了。老人们没事的时候，会逗逗那个小男孩，叫他小蛮子。转眼间，小男孩已长至三四岁，有着溜圆的眼，每日里像只撒欢的小狗，在老房子中间窜来窜去，看到什么都好奇，大声笑，快乐得不得了。老人们在檐前择菜，望着那快乐的孩子，他们也笑，感叹着日子过得真快啊，小蛮子都长这么大了。

都以为老房子会永远在那儿，但一日，这里却传出拆迁的消息。老人们再不能住下去了，东西被清理出来，旧的箱箱夹夹，不舍得扔掉，都被装上车，里面不知藏了多少年华多少梦。

那对山东夫妇也要走了，神情里，有说不出的忧伤。老人们过来抱抱小蛮子，问他们今后的打算。他们说，想回山东老家。老人们说，也好，长期在外泊着，也不是个事。再说，小蛮子也快进学校上学了。

孩子没有忧愁，挥着小手，跟老人们说再见。老人们这个给十元，那个给五元，硬是塞给孩子一些钱，说是留待孩子上学时买买笔啊纸的。夫妇两个感动得想下跪，吓得老人们赶紧去扶，说，做了这么多年的邻居，是缘分呢。

该走的，都走了。老房子一下子空了。有鸟最后从屋顶上空飞过，有最后一缕阳光，落在上面。午夜梦回，全城的人，都听到"轰"一声绝响，老房子倒下了。

好在还有记忆，可以收留。曾经，这里有过最后一片老房子，里面，住过最朴实的美好。

稻草人

—

水稻刚刚抽出淡绿的穗，南来的风，也还有些闷热，祖父就忙活开了。他自去屋后砍下几根竹子，再去草垛上，扯下几把稻草来，人便蹲到屋檐下，他要扎稻草人了。邻居同标奶奶站在一边看，说，帮我家也扎几个。祖父答应，好啊。眼见得寻常的稻草，在他手里一上一下跳着舞，只一会儿，那些单薄的稻草们，就变得饱满起来、有血有肉起来，小胳膊小腿的，还有一张圆圆的脸——稻草人诞生了！我们退后几步看，它果真是一个可爱的人啊，昂首挺胸，神气活现。祖父找来一顶破草帽，扣到它头上，它一下子沉默了、安静了，越发像一个人了。像放牛的张二小。祖母管它叫草把人。祖母说，这些草把人啊。不知她那一声里，是叹息还是赞赏。

稻草人一个一个，站到田埂旁。这个时候，乡下的田野，辽阔无边。风刷啦啦吹过来，再吹过去，稻浪翻滚，金光耀眼。稻草人稳稳地站着，目不斜视，端端正正，像个尽心尽职的士兵，守着它的天下。我们小孩子围着稻草人，玩打仗的游戏。稻草人被我们封为指挥官，那些来啄食的鸟雀，理所当然成了入侵的敌人，被我们追得满稻田上空慌乱地飞。

玩累了，我们坐到田埂边。太阳还没完全落下去，月亮却已迫不及待升起，淡淡的，一根羽毛似的，飘在天上。鸟雀的喧闹声，密密匝匝砸下来，它们成群结队、呼朋引伴地回巢。四野里，有种奇异的静。我们扭头看稻草人，它的身上，落满黄昏的影子，一半黛青，一半橘红。我突然被一种忧伤的情绪攫住，是不可名状的一种忧伤，那稻草人看上去，太像放牛的张二小了。

张二小比我大不了几岁，从小没了母亲，形只影单地陪着一头老牛来来去去。见了人，也无话，多半是低着头，想他自己的心事。村人都说这孩子脑子有毛病，再说到他，前面便加了个"呆"字。那个呆张二小啊，他们这么说。可我没觉得他呆，他会用小草编蚂蚱，还会用芦竹做出笛子来，吹出呜呜的声响，像有轮船驶过来。

不多久，稻子熟了，人们收割上来，却把稻草人遗弃在田埂边。秋风渐凉，稻草人站在风里面，日益单薄，鸟雀们早就不怕它了，时不时站到它的肩上左顾右盼。风刮得越来越大时，它终于瘦得只剩下一副骨架，冬天也便来了。

这年冬天，放牛的张二小死了，死于出天花。全村出天花的孩子有八十多个，只他死了。因没人照料，他半夜口渴，起床喝了生水，发高烧死了。那些日子，村人们谈论的话题，都是张二小。可怜的孩子，他们感叹。叹完后，各自回家，各有各的日子好过。我跑去田埂边，看稻草人，它的骨架，已不知被谁捡回家去当了柴火。天上开始飘起了雪花，一片一片，把褐色的土地，覆盖成洁白。再寻不着稻草人的一丝气息，仿佛它从未存在过。

失 去
—
:

那是一起震惊全省的大案。案件发生在喜洋洋的年脚下。六十多岁的包工头，被人枪杀在家里，值钱的东西，被洗劫一空。很明显，这是一起入室抢劫案。

偏僻的地方小乡，民风淳朴，人们敦厚善良、安分守己，哪见过这等场景？一时间，人心惶惶，家家闭门闭户，稍稍的风吹草动，也能引起一阵惊慌。大家暗地里都在传说，这案子是江洋大盗作的。不然，何以那么狠绝，还使着枪哪。

一些天后，案件破了。让人们吃惊不已的是，作案的并非凶神恶煞的江洋大盗，而是两个眉清目秀的孩子，一个二十三岁，一个才十七岁。二十三岁的那一个，是本地人，考去江西读大学。这孩子人极聪明，读高中时，成绩好得很，在当地是出了名的。他一路顺风顺水考上大学，现已念到大四，若不出意外，还有半年就该毕业了。

是早有这样的预谋的。他寒假回家，邀了江西那个十七岁的孩子，一同回乡"搞钱"。大学里，他沉溺于电子游戏，欠下不少的债。也是在那里，他认识了同样沉溺于电子游戏的一帮孩子。这个十七岁的孩子，就是其中之一。父母却不知，只道他们的儿子在学校认真读书。见他归来，喜不自禁，赶紧上街买菜，变着花样做给他吃。

家庭虽不富裕，但父母勤劳肯干，起早贪黑忙庄稼，又养了一大群鸡和羊，手头上渐渐小有积蓄，供他读书，绰绰有余。父母还有着更长远的打算，要慢慢给他攒下一笔财富，将来好给他在城里买房、娶媳妇。再过个一年半载的，媳妇能生下个一儿半女来，那就再好也没有了，他们会去帮着照看，从此门庭生辉，一家人其乐融融。

这样的好梦，却生生被他打碎。他被警察追捕回乡的那天，四里八乡都轰动了，人们争相上街去观望，人山人海。他被押解着走过来，年轻的额头上，爬着青青的血管。没有人望了不叹息的，哦，这么年轻啊。

他的父亲听到他出事的消息，愣愣地盯着一处看，看半天后，人直挺挺地倒下去了。众人手忙脚乱送医院，接氧抢救半天，他父亲才缓过一口气来，人却痴呆了。他的母亲当场什么话也没说，只是犯傻地笑。大家劝说一番，她也不答话，只管笑。待众人走了，她捧起一瓶农药，仰头就灌了下去。后虽被救活，却丢掉半条命了。

那些日子，满世界的春光正好，和煦的风吹着，暖阳一大桶一大桶地泼洒下来，人人心头，都歇着花红柳绿，脸上有着春光荡漾。只是，再多的灿烂和温暖，也捂不暖两颗苍老的心了。儿子给予的伤害，将如毒瘤一样，长在他们的心尖上，再难拔除。

我的疼痛是我自己的

胳膊的疼痛已月余之久，我知道那是长期伏案的结果。

一直拖着没去看医生。我希望出现奇迹，一夜睡醒，胳膊突然就不疼了。但奇迹始终没有出现，夜里时常会被疼醒，辗转于枕，再难入睡。

我不得不走进医院。医生说，拍张片子瞧瞧吧。于是拍片。拍片时，一个穿着白大褂的女人，老是用手来拨我的头，又不停地拉我的身子，一会儿往左，一会儿往右，动作粗鲁，像拨拉一根木头。那一刻，我感觉自己毫无尊严可言。

片子出来的结果，很不乐观，是肩肌炎和脊椎炎混合症。医生指着片子上的一块骨骼对我说，你看你看，你的脊椎不行了。我看不懂那块骨骼，只是好奇着它是我的。我不停地问，果真是我的？我的骨头是这个样子的？骨头默默对着我，无语。但它的疼痛，只有我知。

平生第一次上手术台。平生第一次用麻醉药。医生在我的骨头与骨头间，注入一种据他讲是新型的药水。我伏着身子，把头埋进被子里，我听见我的骨头在响。那会儿，我想到了死亡。

我是亲眼目睹过这样的死亡的。年轻的女人，不知患了什么病，要进手术室了。她的男人守在一边，拉着她的手，他们笑着对望，很是不舍。也就要进去了，女人对男人说，没事的，一会儿就好了，你等着我。男人笑着答应，好，你别怕，我在外面等着你。然而，女人没能走出手术室，女人死在手术床上。男人在医院的走廊上哭得撕心裂肺。旁有不少围观的人，大家也只是欷歔一番，到该散去的时候，各自散去。天还是那个天，地还是那个地，但对那个男人而言，却彻底变了样，深刻的疼痛，是嵌进他的骨头里的。

我正胡思乱想着，医生的声音突然响起，医生说，好了。我动动麻木的身子，唔，感谢老天，我竟好好的，只是胳膊沉重得像灌了铅。医生说，正常现象，过一两天就好了。

我拖着这条沉重的胳膊去上班。不曾跟人提及此事，只一味装着正常，照例笑容满面。作为成年人，我们都善于用幸福的表层，来掩盖那个叫作痛苦的核。

也吃一种药，价钱不菲。据说疗效很不错。我是个最怕吃药的人，为了早早好起来，闭着眼睛，也能把药吞下去了。

下了两天一夜的雨，于傍晚时分，才稍稍止息，天空中现出微茫的太阳光来。我走过花坛旁，花坛里长小雏菊。花不多，开得稀疏而清冷。我摘几朵，放到我办公桌上的纸杯里，花在纸杯里活出另一种明媚，每一朵看上去，都是欢呼雀跃的。

有朋友这时电话来，他在遥远的北方问候我，他问，梅子，你还好吗？我眼睛看着纸杯里的花朵，撑起沉重的胳膊，笑回，我很好啊。

晚上，月亮升起来，弯弯的月眉儿，像一抹水印子。星星们三两颗，闪亮着。虫鸣声变成呓语了。露落了吧？这样的夜晚，静且安谧，让人留恋，让人不忍心说疼痛。——疼痛总是要破坏气氛的。所以，我的疼痛只有我知道。

看　人

•
•

　　小时，住乡下，最快乐的事，莫过于能跟着大人去老街赶集了。现在想想，去老街赶集能得到什么呢？巴巴地走上一上午的路，走到那儿，无非是吃上两颗糖，或一个包子什么的，但快乐却是大捧大捧的。大街上满是喧闹的人啊，你挨我我挨你的，像蒸腾着的一大锅的粥。又像极春天的芦苇荡里，浮游的小蝌蚪，密密麻麻的，有着拥挤的热闹和亲密。乡下孩子哪见过那么多人啊，吮着小手指，站路边看，直看到太阳下山。那时觉得，看人，真是一件趣事儿。

我的祖母每逢赶集，都不肯落下的。她必很隆重地换上她的新衣，对着那面老铜镜，在木梳上沾上水，很认真地梳理她的头发，左一下、右一下，直梳到纹丝不乱。然后挪着细碎的步子赶集去，天黑尽了方才回来。也不过是带回一袋盐，或一壶酱油什么的，这些，在村子里的小商店里都有卖，但祖母还是喜欢大老远地把它们抱回来。

多热闹啊，全是人啊，人山人海啊，祖母一边往盐罐子里倒盐，一边絮絮叨叨说。布满皱纹的脸上，有着兴奋的酡红。祖母的赶集，原不在于想买什么，而是为看人。

那个时候，乡下人家娶媳妇，也是顶热闹的一桩事。乡邻们如同赶集似的，跑到娶媳妇的人家去，单等着新媳妇来。新媳妇是好是孬，他们一眼就能看出。瞧她那骨架子，大着呢，能干活呢！瞧她那大屁股，能生呢！瞧她那薄薄的两片嘴唇，是个厉害的主呢！如此议论一通，日后过日子，竟都能一一应验了。

人是永远的风景。说这话的是我的一个朋友，没事的时候，她喜欢趴在自家五楼的阳台上看人，每日里，各色人等从她楼下过，她说她看到的，是活色生香的舞台剧，人生的酸甜苦辣，都在里面。

我邻居有小儿，还不满周岁，竟也喜欢上看人。每日里只要他睡醒了，小手指必执着地往大街方向指，他要人抱他出去玩。那儿川流不息的，是人。等到把他抱上大街，他两只黑葡萄似的眼睛，忙不过来了，滴溜溜地转着，看了这个又看那个，手也舞足也蹈，一副兴高采烈鱼归大海的样子。

或许，我们每个人，生来都是怕寂寞的。无论老，无论少。所以，通过看人，来找寻活着的真实和热闹。

一日，我光顾街口一书摊。守摊的是个老人，衣着整洁，气质儒雅，不像穷困潦倒之人。他卖的都是些过时的杂志，和淘汰了的旧书，生意实在清淡。我弯腰在他的摊头上挑挑拣拣，希望能逢着一本好书。一边跟他唠嗑，我问，您退休了？他说，是啊。我说生意这么清淡，干吗还要来呀，在家享享清福不好么？他笑了，说，是啊，我儿子也这么说我，不许我出来摆摊。但我儿子他不知道，我一个人在家多无聊啊，没病的人，也能坐出病来呢。来这儿摆摆摊多好，人来人往的，天天可以坐这儿看人。

人是最有看头的，老人慢悠悠地说，像个智者。我不由得对他肃然起敬。那一日，我陪着老人看了半天人。有匆匆而过的，有悠闲地踱着步的，有一脸愁容的，也有春风满面的。那些青春的孩子最惹眼，骑着单车，呼啸而过，像奔跑的小马驹。让人不由得感慨，年轻真好啊。

老人不时地跟一些人打招呼，谁下班了，谁去学校接孙子了，谁去菜市场买菜了，他都知道。每日里，阅人无数，他历练得像部厚重的书。

墨子说：君子不镜于水而镜于人。镜于水，见面之容；镜于人，则知吉与凶。说的是要以人为镜，这是看人的最高境界吧？那一日，看着眼前的那个摆摊老人，我想起了墨子的这段话。

回不去的流年

最初知道嫦娥，是在一只锡盒子上。

锡盒子摆在邻家阿婆的床头边。在我最初认知的世界里，我以为，那只锡盒子，是世界上最好的东西，不仅仅代表漂亮，还代表富有和幸福。

锡盒子是阿婆的弟弟——远在上海的城里人，带到乡下来的。当时的锡盒子里，装的是月饼。据说里面的月饼，只只都金灿灿的。我没亲眼看到。所以在后来的很多日子里，我一看到锡盒子，脑子里就产生无穷想象，想金灿灿的月饼，一定比母亲烙的玉米饼还要金灿灿吧。

锡盒子四四方方。两面印着漂亮的女子，裙裾飘飞，长袖曼舞，一朵祥云托着她，正向着月宫飞去。这画面，一团的美与好。阿婆告诉我，那是嫦娥呀。记忆里便留下这样的印象：嫦娥就是漂亮的女子，漂亮的女子就是嫦娥。锡盒子的另两面印着桂花树，满树细细黄黄的桂花，开得密密的。于是又加了另一层印象，嫦娥是与桂花树连在一起的，周身溢满甜蜜的香。

阿婆的锡盒子里，藏过纸包糖、炒米，还有酥饼。我常常光顾阿婆家，最大的理由就是为了看锡盒子。小脚的阿婆，坐在矮矮的凳子上，拣菜，或浆鞋底，一边絮絮地跟我说着话。我哪里有心听啊，两只眼盯着她床头的锡盒子，盯着那漂亮的嫦娥，想，今天里面装的又是什么好吃的呢？阿婆有时看出我的心思，问，馋了？我不知害着地承认，嗯，馋了。阿婆就踩着一双小脚，到床边，揭开锡盒子，掏出一把炒米来，给我。阿婆问，丫头，谁对你最好？我答，阿婆。阿婆豁着牙已稀落的嘴笑，这丫头，就是嘴甜会哄人，长大了不会忘了阿婆吧？我肯定地答，不会忘了，我也给阿婆买好吃的。

一段时间，我以为，锡盒子里的好吃的，都是那个叫嫦娥的漂亮女子变出来的。阿婆说，她是仙女。仙女都会变魔术的，幼年的我，是这样想的。想着想着，就很羡慕那个嫦娥了，盼着长大了也能成为她，那么，我也可以有只锡盒子，变出许多好东西藏里面。

那时，家中小院，种有桂花树。桂花开花的时候，我特别高兴，心里等待着有什么会发生。这是秘密，一个孩子的秘密，一个无人知晓的秘密——锡盒子上的嫦娥，闻到桂花香，会飞下来的。第二天，去阿婆家，看见嫦娥依然在锡盒子上，依然作飘飞状，飘向月宫的方向。而我却有了另外的欢喜，以为在我睡着的时候，她一定偷偷下来过。

现在，很多年过去了，邻家阿婆，早已不在人世。而我对幼时的那种天真，除了感慨，就是感动。成人的世界里，传说也带着复杂性，那个美丽的女子——嫦娥，据说是为了成仙，而偷吃了丈夫的长生不老药，才飞到月亮上去的。有诗为证："嫦娥应悔偷灵药，碧海青天夜夜心。"是说月宫天寒夜冷，嫦娥虽已成仙，但寂寞难耐。甚至还有一说，嫦娥飞到月宫之后，变成难看的蟾蜍。这是我大大不认可的。

儿子极小的时候，我讲嫦娥奔月的故事给他听。我是这样讲的，嫦娥飞上月亮，是为了在月亮上栽桂花树，等那些桂花盛开的时候，我们所有人，都能闻到它的香。碧海青天，此心同彼心，祝福永远。

为什么不是这样的呢？月圆之夜，再仰望天空，心里淌过一条月光的河。便觉得，无限的好了。

童年的美

上小学的姨侄女从乡下来，细嫩的十指上，晃着夺目的艳红。她很有几分得意地把小手指头伸到我跟前，问："姨妈，好看吗？是妈妈帮我用凤仙花染的。"

记忆里，也是这样的年华，日子虽艰辛，却能独寻到许多乐趣。田野里，好花开不断，随便掐上一把，编了花环戴头上，天天都能美美地过。

夏天，家家屋前屋后，凤仙花一开一大片。红的、白的、紫的、粉的，五彩缤纷，像息着一大群的小蝴蝶。母亲嫌它太占地方，拿锄头锄去。但奇怪的是，到来年的时候，那地方又会冒出一大片来，茂密得一如从前。

这样的花我们女孩儿最喜欢了，因为它的汁液可以染指甲。也没有谁特意教过，都无师自通地会染红指甲。我们摘取了它的茎和叶，加点明矾在里面，捣碎，把它搁置一两个时辰，就可以染指甲了。"染"的过程却是很长的，先把捣碎的凤仙花包在指甲上，然后需经过一夜的"捂"，那红红的汁液才能彻底渗透到指甲上，长久不会褪去。

夏夜，一大家子坐在场院上纳凉，祖母摇着把豁了口的蒲扇，讲一些老掉牙的故事。场院边长着一些黄豆，已结荚了。风过处，黄豆荚的清香，和着露珠的清甜在空中弥漫，很好闻。我和姐姐嗅着鼻子，跑过去，挑一些圆而阔的黄豆叶，摘

下来，伸了手指头让祖母给包红指甲。这时的祖母是极有耐心的，她会细细地把捣碎的凤仙花，盖到我们的指甲上，用黄豆叶裹住，然后再用茅草一道一道地给扎牢了。十个指头立时觉得沉沉的了，不好受，但我们并不以为难受，反而乐得又蹦又跳的。

最怕的是，这时候偏偏有蚊虫叮咬，痒得很，却不敢伸手搔，只得在场头上跳着双脚叫，痒死了痒死了。每当这时，总会引来大人们一片哄笑。也有夜里睡觉不注意的，把包好的"指甲套"给弄脱了。第二天醒来，"指甲套"全遗落在枕头边，赶忙看手指甲，只有隐约的红。直后悔夜间的大意，晚上必重新用凤仙花包上。

那时，女孩子们聚在一起，会伸了手指头比谁的指甲染得更红艳。有时，挑完满满一篮子猪草后，几个女孩子坐在沟渠边说话，把染了红指甲的手放到水里面。红指甲在水里边晃啊晃的，一沟的水便都艳艳地晃动起来，是晃不尽的美。

美是不可湮没的，即使在贫穷里，它的光芒也无处不在。

岁月无尽

—

：

茅草房，黄菊花，竹园，麻雀，还有芦苇丛中咕咕叫着的水鸟……这是我的童年。乡村的天空又高又远。还有那不倦的风，从田野那头吹过来，又从田野这头吹过去。阳光洒落，像小雨点。洒在草上，草绿了。洒在花上，花开了。人家屋前，总有一两棵树，是桃树，或梨树。春天开花，红的像霞，白的似雪。树结果，藏在叶间，像诱惑的小眼睛。孩子们是等不得果儿熟的，青棱棱的时候，就摘下来。涩嘴呢，哪里能吃？于是地上到处撒满青青的小果子，风摧过一般。惹得大人们半真半假追后面骂，这些天杀的，烧瓜等不得熟呀。我们一边笑着逃走，一边想，为什么要说烧瓜等不得熟呢？烧瓜与果子有什么关系？不知。总之，幼小的心，是疏于等待的。

到处疯玩。小脚老太的院子里，长着一棵桃树、两棵梨树。花落时节，树叶间，绿绿的小果子，隐约可见。我们伏在她家院墙头，看树，看果子，看她和她的呆男人。据说小脚老太的男人原是地主少爷，家大业大，十里八乡，都是他家的地盘。少时读书读呆掉了，五谷不分，香臭不知。却娶四房老婆，小脚老太是他的大老婆。"文革"一来，那三房老婆，走的走，改嫁的改嫁，只有小脚老太忠贞不渝地留下了。家业衰败是自然的了，她领着他，住进两间茅草房。靠一点薄田，养活她和他。呆子并不知人间愁苦，整天坐在院子里晒太阳，养得白白胖胖的。

我们看到的场景常常是这样的：小脚老太搬一张凳子让呆子坐下，她在一边给呆子补衣裳，或给呆子梳头，或喂呆子吃饭。一院子的温温软软。呆子饭吃得急，一口恨不得把饭碗吞下去。小脚老太对着呆子好脾气地笑，不急，不急，慢慢吃哦。像哄一个小孩子。

我们趁她转身的当儿，一窝蜂再次翻过墙头去，偷黄瓜。呆子看见我们，显得兴奋，不住地"啊啊"着。我们不理他，摘了黄瓜，赶紧溜。这时，小脚老太的声音远远送过来，乖乖肉啊，不要跑，会摔倒的。下次在路上遇见我们，她会拉着我们的手关照，乖乖肉啊，要吃黄瓜，就到院子里去摘，不要翻墙头，那太危险了。但我们下次，还是会翻墙头进去，无限的乐。倒是家里大人知道了，会痛骂我们，说奶奶可怜，不要惹她生气云云。家里偶尔有好吃的，总不忘盛上一碗，让我们送去。我们乐意给她送去，觉得她是好人，好人是让人亲近的。

那时最让我们费解的一件事，是把自家儿子，送给别人家的。两家相隔不远，一个村东头，一个村西头。那儿子看见亲生的妈，眼光恶恶的，不认的。亲生的妈，背地里淌眼泪。我问过母亲，为什么呢？母亲说，还不是穷，养不下去了。

一度，我很害怕被亲生父母送掉，因为我家里也穷。也真的有人看中我。看中我的是一对夫妇，在村小学做教师，结婚多年未育。他们跟我父亲熟，一次相遇，谈及无孩子，长叹。父亲一时同情心大增，头脑一热说，我家二丫头乖巧，要不过继给你们？那家如得天书，欢喜不迭，忙忙打扮一番来看我。一看就喜欢了，回去买了糖果糕点再来。许诺我，跟他们回家，以后天天有糖果糕点吃。

我有点动心，那糖果糕点多好吃啊。母亲却虎下脸说，就是穷死饿死，我家丫头也不会给人。父亲也反悔了。这事，最后黄了。我成年后，父母每说起这事，都感慨，说我差点成了别人家的丫头。

冬天了，大雪纷飞。满世界再没其他杂色，只有银白，银白，还是银白，闪亮亮的。冷，我们围着祖母的小铜炉取暖，在茅草屋里唱歌谣，唱"雪花飘飘，馒头烧烧，吃吃困困，两头香喷喷"。这是理想的生活，有白面馒头可吃，睡梦里都是香。

姐姐向往地说，长大了，她要蒸一箱子的馒头。

我们在这样的向往里，陶醉、幸福。

也向往过穿红裙。

也向往过买漂亮的红绸子，缠辫梢。

姐姐还向往过一双红雨靴。

向往着向往着，我们长大了。我们可以吃成箱成箱的白面馒头了，可以买一衣橱的红裙子了。童年的小伙伴现在已天各一方。我的姐姐，也早已嫁作他人妇，最近她刚砌了三层小楼。回母亲家遇到，我们的话题，总离不开小时候。小时候怎样呢？天很高云很淡，岁月无尽。

我们走在小时候走过无数次的田埂上，小野菊们还像从前一样，开得星星点点。黑泥土在脚底下唱着歌。放眼望过去，一些人老去了，一些人在诞生，村庄一日一日，终将成为陌生。我们眼里，慢慢涡上温热的泪水。

隔着岁月的烟雨，什么都变了容颜，唯有童年不会，它永远活在岁月底处，熠熠生辉。

回不去的小地方

:

    我读高中时，在家乡的一个小镇上。小镇是古镇，有好几百年的历史了。典型的粉墙黛瓦木板门，随便相遇一幢房，都入得画的。

    房与房相对而望，中间隔出一条逼仄幽长的深巷来。偶有半树的繁花探上墙头，紫的、红的，在粉墙上妖娆地笑。也有绿苔趴在砖缝里，深巷便显得风情万种。那时我最喜欢到我同桌的家里去，她家就在镇上住。去时，须得穿过一条长长的深巷，就像穿越一座迷宫，什么样的奇遇，都可能出现。所以每次去，我都怀了无限的幻想，而事实上，却从未碰上过奇遇。

感觉中，小巷一直很宁静，似午后空中缱绻的云。某天清晨，我从那里过，看到一青春女子，穿着碎花的棉布睡衣，趿拉着木屐，在小巷里走。橐橐，橐橐，空巷里回荡着她的脚步声。一时间我的心里，充满羡慕，我想要成为那个女子，也那般闲适、那般从容。

推开同学家"吱呀"的木板门，是一个狭小的天井。天井边植一株茶花，好像一直在开着花。花朵丰腴，风姿绰约。同学有哥哥也有姐姐，哥哥常年不在家，是在外地求学，还是工作，我记不清了。只在一张合影上看到过他，眯缝着眼睛，嘴角上扬，很朝气蓬勃的样子。姐姐是个美人，总是匆匆地进门，又匆匆地出去。家门口的小巷里，定有年轻的男子候着。同学小声告诉我，追我姐的人很多呀。

不管什么时候去，天井里总有一锅汤在冒着热气，同学矮胖的母亲，坐在炭炉边择菜或拣米。那时白米少见，只城里有，里面掺和的杂质挺多的，是沙子或一些野草的草籽。我们乡下人家一年四季，只吃黄黄的苞米面，牙露出来，都是黄的。这让我觉得，能捧个匾子放膝上，不紧不慢地在暖阳下拣米，是极优越的生活了。

同学的母亲很随和，会招呼我坐，甚至留我吃饭。我现在很后悔那时的腼腆，竟连一声阿姨也羞于叫出口的，虽然每次前去，我都鼓励自己一定要叫人，响亮地叫。然每次都因害羞而闭紧了嘴。

同学的母亲倒不在意，每次我走时，她都会跟着送上一句，下次再来啊。我回过头去，脸羞红着，小声应道，好。小院门在我身后轻轻关上，生活的温馨和优越，又都关在里面了。再入深巷，我多了一丝惆怅，说不出由来的惆怅。深巷幽幽，什么样的情绪都能藏里面。就像一滴雨掉进海里面，倏地不见了，但你知道，它在里面，它就在里面。

多年之后，我在一家商场门口，与我的同学不期而遇。天很蓝，仿佛多年前。然我们，却走不回从前了，她发福成一个中年妇人，而我，也是一个男孩的母亲了。问起她母亲，她叹一口气说，走了，前年春上走的。老房子也拆迁了，我爸跟我哥去了北京，老家再没人了。

胸口突然一紧，有疼痛辣辣地掠过。我知道，曾经寄存了我许多梦想无数想象的深巷，它，一定也不在了。从此以后，我只能在记忆里，与它隔了岁月相望。

但，迷恋深巷的情结却是根深蒂固的。每每外出游玩，我总要寻了一些古镇去。它们有一个共同之处，就是都有悠长悠长的深巷，像扯不断的思绪。我喜欢在那些深巷里徜徉。我坚信巷子里的每一块砖、每一片瓦、每一处绿苔，都有自己的故事。它们安静在岁月的长河里，成了永恒。

偶一次，我路过一个叫溱潼的古镇，那里有一些保存得完好的老街道，我自然想逛一逛。同行的人却没多少兴趣，他们说，不就是几条街道嘛，到处都有的，有什么可逛的？倒是一位六十开外的老先生极有兴致，主动要求陪了我逛。下了车后

他才掩饰不住兴奋告诉我，上个世纪五十年代，他就在这儿读小学的。一路上他滔滔不绝，说着那个我不知道的年代的陈年往事，说他们如何读书、如何淘气。说那时他们班上有个男同学，一头的癞疮，大家就给他取了个绰号叫"癞巴子"。"癞巴子"没人理，只他理，所以"癞巴子"跟他最要好，常把母亲烙的饼偷来给他吃。呵呵，他笑，满足地。他带我穿过一条一条的深巷，去找寻当年的学校。不时喃喃，这儿是什么，那儿是什么。像梦游。结果却失望，学校早已不在了，被一片新房子所取代。他站在深巷里发愣，头顶上的天空蓝得澄清，他的表情很是忧戚。

后来，他又带我去寻他当年坐船来的码头。我们沿着弯弯曲曲的小巷走，总也走不到头的样子。我说，不会走错吧？他开始还肯定，后来到底自己也没数了，五十年的光阴，足以把物事都改得面目全非。他敲开一户人家的院门进去问路，老码头却不是人人都知道的，年轻的户主跑去问隔壁邻居，响动声吸引了很多人来，大家围着相互探听，问什么问什么呀？哦，听说是来找寻老码头的，有人这么答。一时间大家的眼神就都绵长起来，语气里有了欷歔，呀，不简单，是上个世纪五十年代在这儿上过学的呀。

一片碧波浩荡的水域，终于在我们面前展开，老先生变得异常激动，他指着一个方向对我说，你看你看，那就是码头啊，当年，我就是从那儿上岸的……

黄昏了，夕阳揉碎在那片溱湖里，拉出一道道彩色的影。

星星点点的橘红，小鱼样地在水面上跳跃着。我们站着，不说话，很遥远地看。心里，缓缓流过一泓湖水，悠悠荡荡。

古镇的深巷，绵延在我们背后，沉静着。是岁月最为本色的样子。

第五辑

最美的时光

我们从一出生起，就注定行走在路上。谁是谁的风景？谁又把谁收藏在记忆里？你遇见了谁，谁便是你。

裙裾飘舞的夏

· ·

　　冬天。黄昏。太阳像一枚红枣似的，缀在远天。八岁的她，执着成绩报告单的一角往家飞跑。老师说，从明天起就不要上学了，放假了，要过年了。她小小的心，立即激动得想飞出来。她是喜欢过年的呀，不知掰着小指头在被窝里数过多少回了。她想立即把这个好消息告诉母亲，要过年了呢，母亲知不知道呢？

　　推开院门，一壶水正在炭炉上"咕咕"地泛着热泡泡。母亲坐在一旁的矮凳上，脸上没了平时的笑容，眼睛红红的，像刚哭过。她有些怯怯地走近母亲，给母亲看成绩单。母亲没抬头看她，她就一直把成绩单举着，有些固执地要母亲看，说，妈，老师说我考得好呢。

母亲突然出人意料一抬手，把她推搡了一下，怒道，滚，你们老的小的，没一个好东西。她的身子经意外一推，迅捷向后倒去，碰翻了炭炉上的水壶，一壶滚水，不偏不倚，全淋到她的一条腿上，无数根钢针立时刺进肉里面去了呀，她当即疼得大哭。

吓坏的母亲手忙脚乱给她剥衣服，但衣服粘着皮肉，怎么也剥不下来。最后衣服褪下来，她的一层皮也跟着褪下来了。

过年的气氛越来越浓了，她躺在上海某家医院的病床上，心里面充满绝望。一个八岁孩子的绝望，竟也是深不见底的。她整天不说话，任母亲低声下气跟她说什么，她也不理。父亲来过两回，母亲把病房门关上，不让他进。他们在走廊上吵，吵过之后，母亲回来，眼睛是红肿的。母亲自从她的腿被烫伤后，泪就一直没干过。她只是漠然地看着。

只在每次护士来换药时，她才会发出声音来，是号叫。她叫，阿姨，求求你，我不换药了。整个医院走廊上都充塞着她绝望的哭叫。八岁的孩子，忍受疼痛的毅力毕竟有限，每一次换药，都像把她丢进炼狱一次。她听到邻床的老太太站在她床边啧嘴，叹息，摇头说，唉，可怜的孩子，怎么烫成这样？跟剥兔子似的。

事后，母亲把外祖母陪嫁的一对金耳环卖了，给她买骨头熬汤喝。她闭紧嘴巴不喝。她看见母亲伤心，心里竟有一丝说不出的痛快。

父亲再没出现过。

母亲一下子衰老了许多，头发里，已隐约有白发出现。

邻床的老太太偶尔会劝母亲两句，劝的话，她不大懂，说什么夫妻床头打架床尾和。母亲只摇头哭，说，他在外面有人了。

她不懂父亲在外面有什么人了，她懒得去理会。

病房外，长有几棵树，很高很高。冬了，树上的叶全落尽了，只剩光秃秃的枝丫，齐刷刷地刺向天空。天空是高而白的，充满忧伤和凄清。

那些绝望的日子，在她长大的记忆里，是刀刻斧削般的。

她的那条腿医好了，却严重抽细。多处重新植皮，从上到下，就卧着蛇一样突兀的疤痕，紫红的。触目惊心着。

她再也不能穿裙子了。

夏天到了，满天空下都流淌着女孩子们的快乐啊，漂亮的裙裾如彩蝶翻飞。她远远地看着，充满艳羡。那条可恨的腿包在长长的裤子里，包得密不透风。有女孩子好奇地问她，干吗不穿裙呀？她说，不喜欢。头也不回地跑，跑到没人处，大哭一场，然后回家，装着什么也没发生。

母亲给她做许多条漂亮的裤子，用蕾丝镶边。她穿上，把蕾丝铰了。母亲叹息，再给她缝上。

在夏季就要过去时，她长裤里的秘密却被同学发现了。那一日，在厕所里，她提裤子时没提住，裤子突然滑了下去。一个女孩子偶一抬头，就看到她的腿，吓得惊叫一声跳开去。从此，再长再漂亮的裤子也不能把她的秘密藏住了。她心里的耻辱，像蚕食桑叶般的，一点一点，蚀了仅存的那点自信。

有孩子给她取了个绰号——瘸子。每当听到他们叫，她会不顾一切冲过去打，最后的结果是，被打的孩子的母亲会领着孩子找上她家门上去，那孩子脸上多半会有一道一道很深的血痕。她的指甲给抓的。

母亲这时会变得很生气，在说尽好话安抚走了"告状"的人后，母亲手上拿着鸡毛掸子对着她，手举到半空中，却又颓然放下。哭。那一刻，母亲的伤心震撼了她，她有隐隐的悔意，但也只是一刹那。表面上依然强硬得像块石头。

她十四岁那年，母亲认识了一个男人。那个男人个儿高高的，体魄魁梧。跟小巧的母亲站一起，很般配。

男人在一个煤矿工作，每周星期六来。来时，会带很多礼物来，给她的，给母亲的。给她的，她从来不要。母亲却乐滋滋地帮她收下，她不喜欢母亲的那种乐滋滋，所以，她不喜欢那个男人。看到男人来，她就躲在自己的房间里不出来，在一张纸上乱画，画一些房子，还有许多可爱的动物。是她梦中的地方。在那里，应该没人知道，她有一条残废的腿吧？她想。

一次，男人又来。男人手上提两个衣服袋子，欣欣喜喜的。抖开，竟是两条漂亮的裙，一条给她的，一条给母亲的。

母亲一边说好看，一边尴尬地笑，忙着收起来。她什么也没说，跑进房间去，"啪"地关上门。

晚上男人走后，她出来，竟看到母亲在一面穿衣镜前，试裙。母亲脸上有深刻的忧伤。她这才想起，漂亮的母亲，夏天也从不穿裙的。母亲看到她，慌慌地笑，像做了错事似的。

她昂首对母亲说，我不喜欢他，我不想再看见他来。然后，扔下发呆的母亲，重又跑回房间去了。

半夜里，她起床。把沙发上的两条裙，用剪刀铰成一条一条的布条条。而后，才满意地睡了。

第二天，她看到母亲红肿的眼。

那个男人，从此后再没出现。

考大学填志愿时，她执意填了遥远的东北。她想着，离母亲越远越好。

她如愿以偿去了东北。

那些天，母亲老在半夜里哭，哭声压抑。她听得心里湿湿的，但还是硬着心肠不去理会。

母亲取出所有积蓄，交给她。且帮她准备了许多条裤子，是母亲亲自裁剪的。母亲为了给她做最漂亮的裤子，特地去学了裁剪，特地买了缝纫机回来。

走时，母亲要送她去。她不肯，在大门口就作别了。

她站在母亲跟前，也不过是晃眼工夫，从前的小女孩儿，个子已超过母亲了。母亲伸手捋她的额发，千叮万嘱，在学校不要省，要多吃。没钱写信回来，妈再寄。

她什么也没说。回转过身去，泪却从脸上滑下，原以为离了母亲会轻松会开心的，却不知，是加倍的疼痛。

她瞥见母亲的发里面，白的已远远多于黑的了。

母亲老了。

她毕业分配工作那年，打电话回家，告诉母亲，她不回来了，她要留在外地工作。

母亲在电话里沉默一会儿，笑，说，只要你高兴，在哪儿工作都行。

她握听筒的手微微抖了一下，她想对母亲说保重啊，但最终什么也没说。

又到夏天了。

她对这个季节很敏感，条件反射似的。像患了关节炎的人，一遇雨天，骨头里就隐约地疼，像蚂蚁啃着似的。

她变得十分的抑郁。

一大早，传达室的老陈头来叫她，说有她的快递包裹。

她跑去。熟悉的字迹，是母亲的。

回了宿舍，她把包裹打开，满眼的花花绿绿啊，竟是漂亮的裙裤。母亲在一张纸条里说，今年街上流行裙裤，我学做了几条，妈也不知你是胖了还是瘦了，只估摸着做的，你穿穿，看是不是合适。

她随便挑一条穿上，竟是那么妥帖，像量身定做的似的。镜子里的她，裙裾飞舞，是妩媚的一朵莲啊。

她工作的第五个年头，遇到一个心仪的男孩子。她坐在北国的白桦树下，给他讲裙裾飞舞的夏的故事。末了，她问，你介意吗？如果介意，分手还来得及。

男孩子已听得泪眼盈盈的了，一把把她搂进怀里，说，你受苦了，从此后，我不会再让你受苦了。

她幸福地闭上眼。她突然想起十四岁那年，母亲喜欢的那个男人，想起母亲在穿衣镜前试裙的模样。心中的堤坝一下子被击破，泪落如雨。

是不是一个人只有学会爱，才学会宽容？她庆幸醒悟得还不算太晚，她还可以补偿母亲。她买了一箱漂亮的裙，和男友一起坐车回去看母亲，她要让母亲一天一条地穿，并且要告诉母亲，从此后，她和她，再不分离。

澄　澈

—

:

　　一千三百多年前，年近不惑的法钦禅师，云游至余杭径
山。径山的钟灵清幽，系住了这位远道而至的僧人的脚步，从
此，他在山上结庐定居，种茶礼佛。他断不会想到，日后，他
所结之庐，会建成规模宏大的径山寺，位居江南五山十刹之
首。南宋孝宗皇帝曾亲笔御题寺额：径山兴圣万寿禅寺。

　　寺兴，自然引来善男信女无数。跋山涉水来此参禅的僧
人，亦是络绎不绝。鼎盛之际，寺内有僧众三千余人。文人墨
客，也多有造访。其中最著名的，当数苏轼，他一访再访，留

下洗砚池一方、诗作数篇，如"雪眉老人朝叩门，愿为弟子长参禅"。而法钦禅师所种之茶，因其味鲜芳，特异他产，成了远近闻名的径山茶，庇护了一代又一代径山人。他们在山上栽种茶树，以茶养家，活得如茶一样的滋润与芬芳。

秋末的一天，我慕名去访径山寺。询问当地人，都知道呢，他们黑红的脸上，漾起笑来，哦，是去山上看庙啊。他们用了一个"看"字，亲切、随意，没有距离感，像去看一个关系亲密的人。

曲曲折折的径山古道，宛如一条巨蟒，盘旋而上。道旁遍布植物，野草野花自不必说，时有一棵两棵的枫树，顶着一树火红的叶，站在草的青绿、橙黄与野花的粉白之中，令人惊艳。这自然的色彩的分布，原也是有张有弛的。

竹多，漫山遍野。都是挺拔葱郁的。路一程，竹一程。拐过一个弯，以为到尽头了，哪知一块山石横截，路又拐了弯去，盘旋而上。竹也跟着拐了弯去，高低错落。午后的阳光，透过浓密的竹叶，碎碎的，落在古道之上，像一群可爱的小银鱼，在铺着的大小不一的石块上，活活泼泼地游着。蝴蝶是山上最快乐的生灵了，它们在竹林间、在花草间，自在地穿来穿去，捉迷藏一般的。

静。风不吹，竹不动。听得见花开的声音，蝴蝶飞舞的声音，阳光掉落的声音。走累了，随地而坐吧，摊开一张纸，蘸着阳光，画画眼前的景。一只蝴蝶，把我的纸误当作花朵了，它飞过来，停息在上面。那一刻，我不敢发出一点声息，我盯

着这只蝴蝶看，我确信，它也在盯着我看。在蝴蝶的眼里，我是一棵竹、一株草，还是一朵花呢？

有人声从竹林深处传过来，如鸟鸣。是些挖笋的山民。路上我遇到几个，提了布袋和小锄头，他们的头上肩上，有阳光的影子在跳跃。他们弯腰在路边，在落叶与草丛中随便一拨弄，一棵肥硕的笋，就到了他们手上。我立在一边看，惊奇地问，怎么知道这下面有笋的？他们答，一看就知道啊。我笑了，他们这话说得，禅意得很。

站在高处的亭台上，俯瞰下去，满眼的重峦叠嶂。一畦一畦的茶树，像一条一条的绿带子，镶在半山腰。阳光蒸腾，竹海成浪，一波一波。我由衷地羡慕法钦禅师，这等的好去处，他一住就是几十年。他应算是，把佛文化与茶文化融在一体的人了。佛心即茶心，清茶一杯在手，内心澄清，世事通透。

过十八罗汉台、东坡洗砚池、御碑亭，千年古刹就展现在眼前。黄的围墙、红的屋顶与翘起的飞檐，在参天古木的掩映之下，隐隐约约，尤显安谧与宁静。高大的寺门，上书"径山万寿禅寺"。禅院深深，里面有保存完好的古建筑钟楼，有气宇不凡的新建筑鼓楼。晨钟暮鼓，世间时光，便在此一轮一轮地，悠悠度过。

游人三三两两，都是轻轻的，生怕惊动了佛门清静。有梵音从大雄宝殿后面传过来，袅袅不绝。我以为，世上好听之音莫过于梵音，它如水似风，能让人在瞬间安静。尘世纷扰，没有什么不能放下的，以一颗洁净的灵魂，面对吧。

我在悠扬的梵音里驻足、发痴。我想的是，这古道之上，这古刹门前，谁的脚印叠着谁的脚印？每一脚下去，都有相逢相亲的欢喜。我对着每一个与我擦肩而过的陌生人微笑，能在这古刹门前相遇，我们都是有缘人。

清　供

春日里，宜清供的草木实在多。一枝连翘可使得。一枝海棠可使得。一枝菜花可使得。就算插枝柳，也是好的。一枝，也就够了。多了，就芜杂了，减损了那清供之味。我看野地里的蒲公英开得又多又好，实在没忍住，挖了一棵回来，装一只瓦盆子里长，竟也是欣欣向荣的，十分的妥帖。

书架上，也不放多余的杂物，就把瓦盆搁那上头。它与一排书为邻，里面趴着一朵黄，笑得羞涩。隔一天，又冒出一朵黄来，花瓣儿似小嘴似的张开着，很兴奋的样子。我疑心它在轻轻唱着歌，无词无曲，只哼哼着唱。像我妈在地里劳作，无人时，她偷偷哼起来，也是无词无曲的，她哼给自己听。

乡间的一切，都是会唱歌的。我倾听着，越发觉得瓦盆子里有歌声逸出。我也想哼唱了。我看着它，心里面高兴，也说不清的，就是高兴。一屋子都有春光流转，清简，且静。我感觉灵魂里有只小鸟，在扑着翅膀。

书房里还摆着一只石瓶，是朋友钱校送我的。钱校是个简单温润的人，喜收藏。一得空了，他就钻进古玩市场，总不会空手而归。这只石瓶就是他从古玩市场淘得的，明清时的古董，跟了他十多年了。青石上面，斜卧着一枝牡丹，一朵盛开，一朵含苞，花叶丰厚，雕工精致。他初见我，觉得这瓶子与我极配，执意送我。他说，插一枝梅花，刚刚好。

我没有插梅花，也不插别的。我在里面供养空气、天光和宁静。我在书桌前做着事，看书、写作，或是画画儿，一抬头，就与它相见了。我总要发发幽思，从前，都谁谁谁曾拥有过它？摆在案几上，春天插桃，夏天插荷，秋天插菊，冬天插梅。清水与共，慰了多少从容不迫的光阴。几百年后，它竟辗转来到我身边。我知道，它也不过只能伴我一程，他年，它又将流向他方，成为他人的清供。世之拥有，原都是此一时彼一时的。既然没有永久，又何必贪着永久？得，我不大喜。失，我亦不大悲。从容相待，便好。

从前读《红楼梦》，对薛宝钗不喜，以为她工于心计、圆滑世故。如今再读，却读出她的清明简洁、清厦旷朗。你且从贾母的眼里看她，"及进了房屋，雪洞一般，一色玩器全无，案上只有一个土定瓶中供着数枝菊花，并两部书，茶瓷茶杯而已"。多洒脱的一个好姑娘，有雅士之风。

也极喜人家门楣上书"室雅人和"这四个字。觉得好，顶好不过。站在这样的人家门前，脚步自觉放轻了，人自觉安静起来。如果推门进去，刚好看到室内的摆设，亦是清爽明净的。沙发椅子，都是木头的。靠墙是一排书架。案几上也无多物，左不过搁着一只笔筒，外加一只瓷瓶。瓷瓶里斜插几朵花，不蔓不枝。主人看的书，翻到一页，随意搁在沙发上。一切都尽着素朴，又在那素朴里，开出雅致的花来。再看这一家人，待人接物都和和气气的，神情举止里，自带光芒。这样的雅室，供养出的心灵，必是干净的。有碧玉之光。

多识草木

————

：

初夏的天，是赏花的最好时节，你看这么多花，开得这么好看，真是不要命的好看。——说这话的不是我，是我的一个同事。男的，教生物的，瘦瘦小小。他领我去认校园里的一些花，合欢、单瓣栀子、吉祥草、绣线菊、金丝桃、矢车菊、醉蝶、美女樱、千瓣葵、金盏菊，每一朵花，都开得神采飞扬、溢彩流香。

看着这些花，就叫人舒服，我的同事说。他俯身到一丛绣线菊跟前，神情迷醉，像个拥有无数宝藏的王。

我看着他笑，笑出声来。我看出他的柔软。一个男人亲近花草的样子，真的有说不出的柔软，叫人心动。

忽然的，我在"柔软"这个词上怔住。这世上，倘若没有柔软，将是多么荒凉可怕。高山再高，大海再宽，失了柔软，又哪里有美好可言？岩石之中，有小花在开；老屋之上，爬满茸茸的绿的青苔；斜风细雨中，有柳枝轻摆；参天的大树上，有小鸟唧啾呢喃；蓝天上，有棉絮般的白云在飘；村庄上空，有炊烟袅袅……正是这些柔软的存在，这个世界才有着美妙无穷。

一切小的事物，都是柔软的。小鸡是柔软的。小猫是柔软的。小狗是柔软的。小老虎是柔软的。小孩子是柔软的。

一切善的事物，也是柔软的。比如说，好人。他从不戴盔甲。他宽容、温和，让人亲近。

最初的心，也是柔软的。我们走过一段路，却总想回到从前去。其实，不过是想回到初心。那个时候天很蓝，云很白，你很懵懂，我很稚嫩。是三月枝头鹅黄的芽。

花草为什么惹人爱怜？我以为，也多在于它们的柔软。你看见过哪一棵草哪一朵花横眉冷目冷若冰霜吗？没有的。你再坏的情绪，到了花草们跟前，也会慢慢稀释——百炼钢化为绕指柔。

认识一个女人，人长得威猛，脾气也很威猛，人都敬而远之。就是这么一个人，一日我走近她，却看到她的另一面，她爱花草，爱到成痴。她跟我说起她养花的种种趣事，她曾不远几百里，跑去城里，只为买几十块钱的花。也曾追着一个花贩跑，只想要他手里最后一盆花。人家不卖，说是有主了。可是我喜欢啊，不行，非得卖我不行，最后，当然是卖我了，她说。很得意。她所在的小镇，路边的绿化带里，又新移进不少花的品种，她从旁边经过，看到那些红的花朵黄的花朵，朵朵都像招人的小情人，她的心，一刻也按捺不住了。好不容易熬到夜半无人，她蒙了头巾（怕被人认出），就跑去打劫那些花草了。——听她讲这样的"历险"故事，我笑了。世界，怕是也能原谅她这样一个"盗贼"的吧。我看她的屋门前，一缸一缸的花，开得澎湃起伏。她粗糙的脸，在那些花儿的映衬下，现出柔软的线条，竟有着几分说不出的可爱。

多识草木，慢慢的，你的灵魂，亦是柔软的、香的。

温暖的苇花

芦苇的花，最不像花，像是用轻软的丝絮絮出来的。

出城，逢到有河的地方、有沟的地方，就能看到它。不是一棵一棵单独生长，要长，就是一片、一群。挤挤挨挨，勾肩搭背，亲亲密密。它是最讲团结精神的。这一点，比人强。人有时喜欢离群索居，喜欢特立独行。所以，人容易孤独，而芦苇不。

风吹，满天地的苇花，齐齐地，朝着一个方向致意。它让我想起"蒹葭苍苍，白露为霜"那样的诗句来，那是极具苍茫

205

寥廓、极具凄冷迷离的景象。可是，我眼前的苇花不，一点也不，我看到的，是一团一团的温暖。冬阳下，它像极慈眉善目的老妇人的脸，人世迢迢，历尽沧桑，终归平淡与平静。

我一步一步下到河沿，攀了两枝最茂盛的苇花。一旁的农人经过，看我一眼，笑笑。走不远，复又回过头来看我一眼，笑笑。他一定好笑我的行为，采这个做什么呢！

我是要把它带回家的。家里有花瓶，靛青色的，上面拓印着一片一片肥硕的叶。这是我的一个学生，在江西读书，不远千里给我捎回来的。花瓶太大，没有花能配它。插两枝苇花进去，却刚刚好。苇花伸出长长的脖颈，在我的花瓶上方笑，绵软、温柔、一团和气。

来我家的人看到，惊奇一声，这不是芦苇吗？

当然是。寻常的物，换了一个环境，就显出不寻常来。有一句话讲，环境造就人。其实，环境也造就物的。

我的老父亲看到，却吃吃笑出声来。他说，丫头，亏你想得出。我知道父亲笑什么，老家遍地芦苇，没人拿它当宝贝的。

冬天，农闲。家家要做的事，就是去沟边河边割芦苇，运回家当柴火。一丛一丛的芦苇倒下，苇花受了惊吓，扑扑扑，四下飞散，飞絮满天。农人的头上身上，都沾满苇花。他们把它当尘一样的，随便拍拍，轻描淡写。弯腰，却在小鸟用苇花垒成的窝里，捡到几只还温热着的鸟蛋。他们很高兴地把鸟蛋揣进怀里，哪里顾得上半空中，鸟的凄凄鸣叫呢？他们的眼前，晃过家里几个孩子的小脸。请原谅，贫穷年代，那是孩子的美食。

　　我的祖母用苇花絮过枕头和尿垫。她称苇花叫茅花。那个时候，天冷得嘎嘎叫啊，我的手冻得裂了口子，还是一条沟一条沟去摘茅花，摘回来给你爸絮枕头、絮尿垫。茅花软乎乎的，我的儿子枕在上面睡在上面就不冷了。——祖母每说到这儿，就停下来，眼神里波光乍现。她想起她初为人母的幸福时光了，多遥远哪。而我，总会在她的话里，发好一会儿的呆。我转身，看着头发已渐灰白的父亲想，这么老的父亲，也是被他的母亲疼大的。人类之所以能够生生不息，就是因为这样的爱啊，年年复年年。如苇花。

　　也见过村人用苇花编毛窝的。这是一种草鞋，编出的毛窝，像毛茸茸的小船儿。天寒地冻的天，冻僵的双脚，伸进毛窝里，又轻软，又暖和。人被冻僵的神经，也一下子活络起来。贫穷年代，它默默无闻地，温暖了多少双脚啊！

　　现在，毛窝已很少见了。今年，我去一个山沟沟游玩，在一间供游人游览的旧作坊里，赫然见到毛窝。它们被染成五颜六色，一双一双串在一起，挂在墙上，成了艺术品。

小巷人家

单先生说，我带你去吃我们合肥的特色小吃，保管你喜欢。

单先生是我到合肥做讲学活动时刚认识的。瘦瘦削削的一个人，不多言语，只埋头做事，却是微笑的。笑容里，有着很浓的书卷气。

黄昏下的合肥，天空不是很明净，大块的云朵，染着灰。路上飞着尘土，车辆有些拥堵。单先生看一眼，很不好意思地笑，说，下班高峰期呢。

我点头，表示理解。跟着他，穿街过巷，七绕八拐，也就走到一条热闹的街道上。街道两旁，全是吃食店。锅碗瓢盆叮当作响，菜肴的味道，充塞着每一寸空气，仿佛全世界的烟火都聚了来。以为他要在这里停下来，带我走进一间叫"美味轩"或是"忘不了"的小吃食店去，却没有。

他解释，这里是我们的一条美食街，一到晚上，人就特别多。稍顿一顿，他接着说，我带你去的地方，比这里安静。我心里一动，是感动了。难得他如此体贴，知我怕喧闹。

我们继续往前走，渐渐走出了美食街，把一街的烟火抛在身后。行人渐少，房屋安静。五月的蔷薇花，趴在一户人家的铁栅栏上笑，我走过去摘了一朵。单先生站着等我，看看我手里的花，笑说，就快到了。

他带我再走了一段路，就拐进了一条不起眼的小巷去。小巷极窄，仅能容两人错身而过。巷道两旁全是老式民居，高低错落。人家在院子里长花，花探过墙头来。也是蔷薇花，红的，粉的，密匝匝地开着。我突然生出无限欢喜，不以为是去吃饭，倒像是去探访多年未曾见过的亲戚。那亲戚亦好安静，隐士一般，住在这陋巷深深处。

然后，就听到单先生说，到了。我抬头，只见一家普通民居，方砖包墙。木门楣上，有绿色植物攀爬。门旁挂着纸灯笼，亮着，红润晕染，古朴幽深。也不见有招牌，正奇怪着，有服务生迎出门来，问清了单先生是两天前就预定好的座，她很客气地说了声"请"，把我们引到楼上去。

楼上也就五六个包间，摆着家用的四方桌、长板凳。墙上也无过多装饰，只挂一幅静物画，画着一只陶罐，旁边随意摆放着苹果和梨，还有碗碟。是家居的模样。窗口却爬着花，走近一看，亦是蔷薇。

单先生释我疑惑，说，这家店没有名字的，但我们这里的人都知道它，都称它小巷人家。

服务生轻手轻脚推门进来，也不说话，只淡淡笑着，送来大麦茶。饭菜陆续上来。煨得很烂的鸡爪。蒸得很烂的糖南瓜。无一点喧闹嘈杂，只往那静里面静去，有着说不出的家常。花在轻轻放着香，菜在轻轻放着香，人似乎也在轻轻放着香，都好得很的。

小店的招牌特色小吃有两样，一样是腊味糍粑，一样是臭鳜鱼。单先生慢声细语劝我多吃，我其实，筷子根本就没停下来。特别是那腊味糍粑做得好，自家腌制的腊肉，慢火细蒸，出油，浸没糍粑，糍粑变得又香又酥。

单先生看我吃了一块又一块，很开心，话也多起来。他告诉我，这个小店，开了三十年了。店里只有一个厨师，那个厨师，从开店之初就在这里做，那时他还是个年轻小伙子呢，现在都五十好几了，再多的高价挖他走，他也没有走。

我惊讶不已，又隐隐地感动，一跟三十年，这该有多么深的情分。

单先生说，这家店的老板，人特别好，厨师不舍得走。生意做的，是人心呢。

我在他的这句话上辗转。尘世相交，哪一个不是交心，才得以久长？"小巷人家"身居陋巷，生意却一做三十年。三十年里，他们的腊味糍粑和臭鳜鱼的味道，从未变过。每日里，生意盈门，若不提前预约，是没有座的。老顾客们多日不吃，想念，便又跑了来。有顾客跟着后面一吃几十年。

单先生说，他也是打小就喜欢吃这家的腊味糍粑和臭鳜鱼。七八年前，他有过离开合肥的机会，去外地发展，但最终，没去。我若走了，就吃不到这里的腊味糍粑和臭鳜鱼了，单先生轻笑起来。

我丝毫不怀疑他的话。眷恋一个地方，有时只是因眷恋这个地方的美食，和与美食相关的物事，那是生命里最体己最动人的存在。我举杯，敬了单先生一杯茶。对他的这种情怀，表示认同和敬重。

最美的时光

———

:

　　新疆归来，已有好几日了，整个人却还是迷迷糊糊的，如坠云端。耳畔回旋着的，是牛羊的叫声。人声物语，都是呢喃。

　　就没见过那么多的草。

　　从巴音布鲁克，到那拉提，到喀拉峻，到夏塔，到赛里木湖，一路走过去，全是草啊。那些青青的草。那些绿绿的草。那些头顶着黄的小花紫的小花红的小花、伸着绿胳膊招展着的草，一座座的山峦上全是。一个个的山坡上全是。山谷里也长着。平地上也长着。绿在流淌，花在流淌，绵绵无尽。

还有雪山。

就没见过那么多的雪山。

雪未曾消融，莹莹的白披着，像披着件缀满了银珠儿的银袍子。那么近的距离，它们，就立在我的跟前，我只要一伸手，就可以触摸得到。雪山之上，云朵像巨型的猛兽匍匐着，白而胖的。而这些猛兽看上去，却是温顺的、收了性子的。它们伸着懒腰、打着哈欠，目光慈善又懵懂，似乎那冰雪，是它们最温暖的眠床。而雪山之下，绿草起烟，云雾般腾起，四下里弥漫。也时见冷松和云杉，在半山坡上，在山谷里，笔直地站成一排排，披着一身青绿，护卫一般的，守护着雪山。一年里的四个季节，不可思议地在这里相聚了。有春的烂漫，有夏的青碧，有秋的斑斓，有冬的洁白。

山峦连绵起伏，线条浑圆、柔和。看着它们，我老是要想到侧卧着的女人的剪影。那些绿草缀满的山峦，真的犹如柔情似水的女人，丰满的，又是幸福安康的。

哪里需要寻找角度？哪里需要选择地形？随便一处停下来，都能惹起你的惊叫，美啊！太美了！哪一处，都堪称经典。

你的眼睛看饱了、看倦了，那就拿耳朵听吧。躺到一块草地上去，听小花们窃窃私语，听小虫子们喁喁吟唱。还有牛羊的叫声，哞哞哞，咩咩咩。一丛草，被马儿的蹄子踩弯了腰，哈萨克六七岁的小童，骑在马背上，一路呼啸而去。等马儿走远了，草们又挺直了腰。似乎是被调皮的小孩子捉弄了一下，它们有些哭笑不得地扑扑身上的泥，望着远去的马和小孩，并不恼，神情里纵容得很。

如果你还走得动，建议你最好不要停下脚步。你走起来吧，一直地走。不定要上哪儿去，你就迎着雪山走吧。或者，择一处青草茂密处。就那么，走向青草更深处，走向野花更深处，在海拔高达两千多米的草甸上。喧嚣的尘世，纷扰的人事物事，那都是前世的事了。你只觉得你的洁净，洁净得就像草原上的一棵草、一朵小野花，还有那屹立不语的雪山。

也时而遇见放牧的牧民，赶着一大群羊。你原以为羊只有白色的，在这里，你长见识了，你见到黑色的羊、黄色的羊，还有白黄杂染的羊。它们的毛发卷卷的，大尾巴卷卷的，眼神天真，真是好看。那些牧民有哈萨克族的，有蒙古族的，他们住毡房和蒙古包。他们说着你听不懂的话。但不要紧啊，天下的笑容都是一样的，里面住着良善。你们遇见，对望着笑一笑，心底里有温暖浮起。

同行中有父女两个，女儿刚刚小学毕业，文静内向，言语不多。往常在家，父亲忙于工作，与女儿交流极少，女儿对他很生疏。这十多天里，他们形影不离地在一起，在能步行的时候，绝不去骑马或坐车，而是选择步行。他们一路走着，翻山越岭，看山，看草，看花，看牛羊，渐渐的，女儿对他，十分依恋起来，有着说不完的话。他感慨万千，他说，这次出行，真是值了。说着说着，眼中竟泛起欢喜的泪花。

我相信，这段时光，一定是他们一生中最美的时光。

寂寞是安在人心底的弦

·
·

    这是春天的夜晚。没有虫子的叫，虫子们尚在冬眠的软香里，还未醒过来。

    很静。我在听陈俊华的歌《泪蛋蛋抛在沙蒿蒿林》，一首地道的陕西民歌。我很爱听。歌里的爱情，是隔着山隔着沟的，望得见却摸不着，这样的爱，疼痛，入骨三分。我更喜欢的，是里面的用词，特形象，说泪就说泪呗，它偏用一个叠词"蛋蛋"来修饰。是像蛋一样的泪砸下来呀，大颗大颗的，你疼不疼？

一度，我在想象里画陕西的样子：黄土高坡。沙蒿蒿林。黄泥墙。石碾子。一群奔跑的孩子。老榆树。老榆树下坐着老人，吊着烟袋，咬着烟斗。若我是那里的女人，我做什么呢？一定会捧双鞋底，就着黄昏的余晖，一针一线，给心爱的人纳。

眼睛突然酸涩起来，无来由的。窗外起风了，呼呼的。天气预报说，明天将降温十来度。这个春天，气候反复无常得叫人无所适从。花好像开得比往年要慢了，我买了一把康乃馨，插瓶子里已半月有余，花苞苞仍是花苞苞，没有丝毫盛开的迹象。

我在纸上写着一些字。我写不完地写着，有时写着写着自己也很茫然了，我为什么要写？为钱吗？不，我似乎对钱并不过于热衷，我的工资，足够我开销了。我为此牺牲了我的睡眠和健康。如果实在要找原因，答案只有一个，那就是，只为我喜欢。喜欢一件事，就像喜欢一个人，都是往痴迷里去的，一味沦陷，自渡不了。

一个事业有成的朋友，忽然问我一个问题，说梅子你知道吗，人生最难超越的是什么？我答，是自己的今天。他说，不，是寂寞。我很惊讶他这么说，因为他在我眼里，一点儿也不寂寞，整天呼朋唤友、迎来客去的，何等热闹。他苦笑，那是更寂寞。

直到有一天，我坐在一群人中间，喝茶聊天大声说笑，我的心突然游离得很远，我像一个旁观者，看着身边的热闹，觉得莫名其妙得厉害。我不属于那份热闹，我不属于。那一刻，我听到寂寞在骨头里唱歌。我突然理解了我朋友的寂寞，那种无人知晓、无人懂得、内心独守的荒凉。

原来，寂寞是安在人心底的弦，稍一拨动，就响彻心扉。我曾很爱看几米的画，有一幅印象深刻，一个女子，手插在风衣口袋里，在大街上如潮的人流中，微仰着头，默默看天。我看到她隐藏在体内的深刻的寂寞，那于午夜梦回时，独自抱膝暗暗冥想的寂寞。寂寞就是这样的，是自己的另一个影子。

就像此刻的我，翻遍电话簿，也找不到一个可以拨打的人。灵魂里，有一扇门是紧闭着的，那扇门里的喜怒哀乐，甚至不堪，唯有自知。我在寂寞里发呆，夜的寂寞，很彻底。一个朋友，忽然电话来，他问，你在做什么呢？我答，我在发呆啊。他立即表示很羡慕，他说，真好啊，你还有时间发呆。

哑然失笑。快近凌晨了吧？看钟，果然是。那么，洗洗睡去吧，明天又是新的一天。

秋　夜

满满的月光，带着露珠的沁凉，扑到我的窗前，我才发现，秋了。

秋天的月光，不一样的。如果说夏天的月光是活泼的、透明的，秋天的月光，则是丰腴的、成熟的，千帆过尽，无限风情。它招引得我，想到秋夜底下去。

对那人说："去外面走走？"

他几乎没有一刻的犹豫，应道："好，我陪你。"

门在身后，轻轻叩上。一前一后的脚步声，相互应和，沙沙，沙沙，我的，他的。黑夜里看不见我们的笑，但我们在笑，是两个顽皮的孩童，趁着大人们不注意，偷偷溜到他们视野之外去，心里面有窃喜。

小区睡了。夜是宁静的，更是干净的。空气里，流动着的是夜的体香，树木的、花的、草的，还有露珠的。白天的尘埃不见了，白天的喧闹不见了，白天的芜杂不见了，连一扇铁门上的难看的疤痕，也不见了。每家每户的窗前，都悬着一枚夜色，像上好的绸缎。一切的坚硬，在此刻，都露出它柔软的内核，快乐的，不快乐的，统统入梦吧。

再也没有比夜更博大的胸怀了。它可以容下你的得意，也可以收留你的失意；它可以容下你的欢笑，也可以收留你的忧伤。夜不会伤害你。

花朵是潮湿的，比白天要水灵得多。弯腰，辨认，这是月季吧？这是一串红吧？这个呢，是不是波斯菊？打碗花是一下子就认出来的，因为它们开得实在太热烈，一蓬一蓬的。尽管夜色迷蒙，还是望得见它们一张张小脸，憋得通红地开着。它们拼尽全身力气，努力绽放出自己最美的容颜，呈给夜看。是等待君王宠幸的妃子么？一豆灯下，临窗梳妆，对镜贴花黄。而一旦白天降临，它们的花朵，全都闭合起来，一夜怒放，不留痕迹。

真是，真是，怎么傻得只在夜里开呢？嘴里面嘀咕着，心里却在为它鼓掌，都说女为悦己者容，花也是啊。它只开给夜色看，那是它的宿命，更是它的执着。

"坐一会儿吧。"我们几乎同时说。偌大的草地边，随便找一处石凳，我坐这头，他坐那头。

石凳沁凉如玉。风从四面八方吹过来，薄凉的，带了露珠的甜蜜。草的香味，这个时候纯粹起来、醇厚起来，铺天盖地，把人淹没。虫鸣声叫得细细切切，喁喁私语般的。树木站成一些剪影，月光动一下，它们就跟着动一下。

初秋的天空，星星们稀了，可是，仍然很亮。想起遥远的一句话："天上一颗星，地上一个人。"那时还小吧，当流星划过天空，小小的心里，会一阵惊颤：是谁走了？

谁呢？身边的亲人，都在，我摸摸这个、碰碰那个，很不放心。母亲不知我的心，轻轻打我的手，问："丫头，傻乎乎想做什么？"

我是在那个时候就有了恐惧的，恐惧失去，我想紧紧抓住，不再松手。而事实上，在随后长大的过程中，我不断面对着失去，无可奈何。先是和我同岁的表哥，十岁那年夏天，下河游泳，溺水而亡；后来，我的小学同桌，一个大眼睛的女孩子，出天花死了；再后来，走的人陆续多了，他们有的是我的少年玩伴，有的是我的中学同学，有的是我的朋友。昨日还笑语喧喧的一个人，今日却阴阳相隔。及至成年后，每次回老家，我都会听到一些不幸的消息，村子里，曾经我相熟的某个人，走了。直到我的外公、外婆、祖母、祖父，相继离去。

我轻轻叹："我生命中的人，一个一个少去了。"

他过来握我的手，他说："我们好好过。"

笑了。消失是一种必然，也是一种未知，我们无能为力，那就顺其自然吧。可握住的，是当下。当下，我们活着，我们都在，那就好好相待，不浪费每一寸光阴。比如，我们一起来享受这个秋夜的宁静，现世安稳。

"银烛秋光冷画屏，轻罗小扇扑流萤。天阶夜色凉如水，坐看牵牛织女星。"当年宫女的幽怨，留在那年的秋夜。她们终身所求，只不过是一夕相守，却不能够，只能陪着流萤，渐渐老去。我感谢我身边的这个人，他在，他让一个秋夜，充实。

他问："冷吗?"

我答："不冷。"

我们不再说话，夜色温柔地漫过我们，我们也成了夜色中的一分子，成了自然的一分子，像一株草、一朵花、一枚树叶子。安静着，恬淡着。

告诉海豚你爱它

：

　　青岛建有大型海洋馆，很神奇。去青岛，好玩的就是这个，不去也被怂恿着去。"你不去海洋馆，来青岛干吗呢？"见我犹豫着，陪同的人一脸诧异，觉得不可思议。

　　是啊，山也不奇，水也不奇，奇就奇在海底世界。那里，缤纷如尘世，却比尘世更富传奇色彩，那是水里的天与地，是水里的神话。

　　那么，去吧。穿过长长的"海底隧道"，人一下子仿佛掉进了幽深的海洋中。不见天日，却自有天日，两旁是蓝幽幽的海水相簇相拥，头顶上亦是波光潋滟。各种海底生物，如同春天的花朵般的，在水里面肆意"绽放"，争奇斗艳着。美丽的珊瑚，算得上是海里的树，参天蔽日。又像是海里的山，重峦叠嶂，云遮雾挡。五光十色的小鱼，斑斓着，在其中游来穿去，如同一只只花蝴蝶。鱼是水里的蝴蝶。这个时候，你除了感叹海底的神奇，更感叹人力的浩瀚，上天入地，人还有什么不能？

我正瞅着水里的"蝴蝶"愣神，感觉它们一个一个，都是天生的舞蹈家，舞姿轻盈，千变万转，让人眼花缭乱。突然，身边的脚步声密集起来，一拨人紧着往一个地方涌去，潮水般的。有声音在问："怎么了怎么了？"有声音匆匆应答："快去看海豚表演啊，就要开场了。"

我不由得跟着跑过去。表演大厅里，高高低低的看台上，早已黑压压坐了一片人。我寻得座位刚坐下，那边的表演已开始，白鲸、海狮、海獭、海象，轮番上场。与人共舞，或独舞，一个个憨态可掬，乐翻了一场人。场上的掌声此起彼伏，经久不息。

轮到海豚表演了，它们的样子看上去笨笨的，体态却轻盈得似小鱼。一方池子里，它们一会儿没入水中，一会儿腾跳到半空中，在驯养员的示意下，顶球、钻圈，在水上翩翩起舞，进行着一个又一个高难度动作。还时不时展喉高歌，发出正宗的海琢音，一曲终了，再一曲，看得人如痴如醉。

表演接近尾声，海豚们陆续退到后台，观众们有点意犹未尽。这时，主持人突然面向观众席，激情澎湃地说："我们大家都知道海豚是很有灵性很聪慧的动物，如果我们哪位观众，能走到台前来，对着海豚远去的背影大叫几声，海豚海豚我爱你！海豚就会回来，并且会跳到台上来，和你握手拥抱。来，就让我们来试试好不好？"他的话音刚落，举起的手已是一大片，众人都想去试。结果，是最前排的一个小女孩，被主持人选中。小女孩五六岁的样子，起初有点害怕，任主持人再鼓动，她也不肯对着话筒说话。后来，主持人问她："那你喜不喜欢海豚？"小女孩答："喜欢。"主持人说："既然喜欢，那你要不要告诉海豚？你不告诉海豚，海豚怎么知道你喜欢它呢？来，让我们告诉海豚你爱它，好吗？"小女孩想了想，答应道："好。"她对着话筒叫起来，"海豚海豚我爱你！"一声声，清亮稚嫩，如三月的小草，让人望得见有晶莹的露珠儿，在上面滚动。

全场寂静。只有小女孩的声音，在表演大厅里，一遍一遍回荡。众人屏声静气等着奇迹发生。我忍不住眼睛潮湿，我以为，那是一个稚嫩，呼唤另一个稚嫩。是一个纯洁，呼唤另一个纯洁。海豚真的回来了，它从池子的另一头，猛地扎到水里，一个腾跃，一下子跃到这头来，直起身子，跑到小女孩身边，和小女孩拥抱。霎时，全场欢声雷动。

表演结束，众人心满意足地散场。工作人员在电喇叭里叫："要和海豚合影的游客们，请到这边来，五十块钱一拍。"池子那边，簇满了人。另一部分工作人员在清场，一会儿之后，海豚们又要进行下一场演出，外面的游客在等着的。我在表演大厅外，站了很久，小女孩稚嫩清亮的声音，一直在我耳边回荡，她叫："海豚海豚我爱你！"

我们爱吗？我们不爱的，我们只是一群看客。

在纳帕草甸上

:

　　纳帕草甸又称纳帕海，三面环山，是香格里拉最大的草甸，也是香格里拉最具高原特色的风景区之一。由于纳帕海气候湿润，牧草生长比其他地区要快得多，每年五六月份，其他草原上的草，才冒嫩芽，它这里早已绿草如茵、层层起伏。有小花点缀其中，红红、黄黄、紫紫。一望无际铺开去，织锦一般的。远处，山与天齐。

　　我在黄昏时，踏上这片草地。夕照的光芒，碎金一样地倾倒在这片草地上，草地变得华美无比。

来的路上，我的想象里，这里应该牛羊成群，牛们羊们，都安静在草地上，幸福地吃着草。事实上，不是，搭眼望去，辽阔的草地上，少有牛群和羊群的影。各地蜂拥而来的游客，霸占了草地。马蹄声"哒""哒""哒"，远远近近，他们在草甸上遛马玩。马是驯养有素的马，温良谦恭得不得了，一匹匹低眉顺眼着，沿着既定的路线，舒缓地走——那里，早就被它们的马蹄，踩出无数条弯弯曲曲的小道。远望去，像草地上卧着的一条条伤疤，触目惊心。

当地牧民游说我们骑马，说："十块钱可以遛一圈呀。"我的同伴，兴冲冲跨上一匹枣红色的马，她是第一次骑马，兴奋得"得锵锵"。她问我，"你玩不？"我看了一眼那匹马，那匹马刚好也在看我，眼睛温良得让我不忍对视。我不知道，马若会说话，它此刻会说什么呢？它本应扬鬃驰骋的岁月，却只能如此被消耗着，几多无奈，几多委屈，一天天，一月月。

我摇头，我说我就随便看看，你玩吧。同伴一拉缰绳，马跑了开去，听得她的惊叫声与笑声，渐渐远去。

几个藏族小孩不知何时跑到我身边来。他们穿着花花绿绿的藏袍，戴着帽檐翻卷的藏帽，黑黑的脸上，嵌着一双灵活的眼。最大的不过八九岁，最小的只有三四岁。他们有的牵着羊，有的抱着小羊羔，商量好了似的，一齐仰着小脸，对我要求道："阿姨，和小羊拍张合影吧，我们的小羊可听话了，一块钱，随你怎么拍。"

我抚抚他们黑黑的小脸蛋，问："怎么汉语说得这么流利呀?"他们很骄傲,说:"我们老师教的,我们的老师,是丽江的,我们在学校学汉语。"

为首的那个小男孩,怕我不信,他用指头,在泥地上划了两个字给我看,"阿姨,这叫'人'对不对?这是'羊'对不对?"他抬头问我,神情颇得意。

地上歪歪扭扭的字,一个正是"人",一个正是"羊"。

我赞许了他。他高兴地说:"那么,阿姨,你和我们的小羊拍张合影吧。"

我说:"好,我们一起拍吧。"他们立即摆好姿势,在镜头前显得十分老练。牵在他们手里的羊却不肯配合,老想开溜,被他们一把攥住,他们对羊说:"拍完照再走,拍完照再走。"

我给了他们十块钱。他们欢天喜地,一个劲儿地说:"谢谢阿姨。"转身,他们又跑到其他游客身边去了,几只羊,不情不愿地跟着去了。

我有些惆怅。我站在草甸边,望远处的山,我很想知道,那里的平静与单纯,是否也被打破。

戏外人生

很不起眼的小巷道，很不起眼的小酒楼，叫"福来元"，又或"来福元"的。这样普通的名字，普通得极易被人遗忘，以至我在此刻回忆店名时，印象模糊。

小酒楼在朋友的城。陡而有些窄的小楼梯，上到二层。桌、椅，印着淡淡小花的台布，还有纱织窗帘。窗外一个燠热世界，窗内，却清凉着。很静，如居家。疑惑着，这不像酒楼啊，没有酒楼的喧哗和烟火蒸腾。

室内只有两个人，一个是穿短袖红衣的小服务员，一个是老妇人。其时，老妇人正坐在屋角看电视，手里一把纸扇，轻摇慢拢，是云淡风轻。电视里唱着京剧，铿锵一阵锣鼓过。京剧我不喜欢，所以，只用眼睛余光扫过。

穿短袖红衣的小服务员很伶俐，看到我们一行过去，忙笑迎相问，几位？引领着我们坐到窗口的位置上。窗正对着小巷口，一抬首就可以看到蓝天。蓝天却被一些楼宇裁成大小不一的布条条。楼下行人来来往往，很是热闹。

点好的菜很快上来，我们边吃边唠。菜不错，很家常很实诚。老妇人突然在身后开了腔，是问菜还可口抑或别的什么。那一开腔，让我和朋友吃一惊，她的声音实在好听，端的就是吴侬软语呀，可又不是，比那些软语，更多了些韵味在里头。

随便聊开，她竟是个健谈的人。酒楼是她儿子开的，她帮着照看。一把纸扇，在她手上任意张开又叠起，眉梢间，挂着浅淡的笑意，很动人。让人想着一个词，优雅。朋友中一人眼尖，问她，您恐怕曾在戏剧舞台待过吧？这一问让她乐得满脸是笑，她说，您真有眼光，我以前是唱京剧的。她报上她的名字。在这个城土生土长的朋友大惊，那可是个名角啊，在上个世纪60、70、80年代，都红得凤凰花似的呀。

十三岁开始唱戏，人唤小凤。不知是怎样伶俐的一个小丫头，舞台上水袖长舞，一转身，一亮相，是不是赚尽风流？台上灯光，永远的灿烂。大好年华，是栖落在锦衣上的花朵，永远不息地开着、开着。前路是不是漫漫？那与她无关，她只道要演好她的戏，无论分配她扮什么角色，她都极尽认真地去演，念头只有一个，那就是要演好，要超过所有人。

她果真演得很好，成有名的花旦，演尽戏里雪月风花。时光是一只橹摇的船，于咿咿呀呀里，不知不觉，竟荡过一片水域去了。往回望，依稀还是十三岁的小凤啊，那个新葱样的小人儿，甩着水袖，字正腔圆地唱一段《苏三起解》："苏三离了洪洞县，将身来在大街前……"却隔了四五十年的岁月之河，望不过去了。

我们都为她感叹，这么多年啊……她笑，后来剧组解散了，解散了。眉梢间，闪过一抹不易觉察的感伤，旋即消了。她说，唱这么多年戏，我把一切看开了。

她看开的一切是什么呢？是人生的起起落落、纷纷扰扰，原不过一场戏吗？戏演着时，别人是她的观众；戏结束了，她是她自己的观众。她淡定地摇着她的扇。有客来，陪着说两句话；没客来，她坐着看看电视，听京剧咿呀在耳边。她说，现在记忆不好啦，刚刚说的话、做的事，常会忘掉。但对那些唱词，却都记得。偶尔哪里有票友会了，她准被人拉去唱上一小段。

种　香

—

：

　　她蹲在人涌如潮的菜市场门口，脚跟边放两只篾篮。篾篮内，是挤挤挨挨的花骨朵儿，凝脂一样的，白而稠，是栀子花。

　　这是晌午，刚下过一场雷雨，空气中是濡湿的潮和清凉。她刚从树上把花采下，花骨朵上还带着新鲜的雨珠，清清亮亮地滚动着、闪烁着。她并不吆喝，只安静地蹲着。岁月已把她汰洗成一老妪，但满满两篮子的香花，却给她染上了一份别有的动人。

　　路过的人，少有不被花香牵去的。女人们更是迈不动脚了，欢喜地惊叫，这不是栀子花么！当然是。她们奔过去，蹲到篮子边，脸上的神色是迫切热烈的——久别重逢啊！拣上几朵，别在发里面，插在衣兜上，整个人立即花香四溢起来，再平常的样子，亦平添了几分妩媚。

　　小女孩嗅花的姿势最是动人。她曲了小小的身子，学着妈妈的样儿，把花朵举近鼻翼处，煞有介事地嗅，小脸蛋花朵样地绽放着。我看着，微笑，想，他年她长大了，她这朵花将开在何方？会不会还因一朵栀子而心生欢喜？

　　老妇人的篾篮前很快围满了人。女人们一朵一朵挑拣着，哪一朵都好，哪一朵都舍不得放下。她们问，多少钱一朵？老妇人答，一角钱三朵。听错，以为一块钱三朵。正犹豫着，又听老妇人笑着重复，一角钱三朵，你们随便挑。当下觉得真是

便宜之极，忙不迭地去挑拣，生怕她突然反悔了。有女人开玩笑地跟她讨价还价，一角钱四朵好不好？以为老妇人定不肯——偌大的菜市场，卖花的只她一个。但老妇人只是不置可否地笑笑，大家便当她是默认了，都欢天喜地再追加几朵。待到付完钱时，老妇人却从篮子内，额外拿出几朵来，塞到买花的人手里，说，回去挂蚊帐里，又香又避蚊子。

我给了她五毛钱，买得二十朵。她也额外塞几朵给我，笑眯眯的，像我老去的祖母。我别一朵在衣襟上，走得很招摇。清凉的风吹着香，我的心变得很年轻，像回到小时候。

归家，我在客厅里放几朵，在书房里放几朵，剩下的，全搁到床头。我在屋内随便走动，花香便跟着我走动。有花香这么浸泡着，时光真是好得很。真得感谢那个老妇人，不过区区五毛钱，她就给了我一屋子的馨香。我亦做着这样的痴想，等将来我老了，我一定要回我的乡下去，在门前栽上几棵栀子树。花开时节，于微雨的天，提了簸篮去卖花，把花香种到空气里，种到一些人的心上。

第六辑

走不出万丈红尘

·
·

让美好在美好中生长，让日子在日子里生动，活着
的每一天，都如同馈赠。

迷 失

我得承认，有一种情绪叫迷失。就像今天，我站在黄昏的穹宇下，我望着身边的人来人往，欢笑的、沉思的、高兴的、发呆的、面无表情的……这是一个城市的表情，像一条哗哗奔流的河。我在这条河面前，突然迷失了，我不知道我该往哪儿去，我望不见对岸。

卖烧烤的出来了，推着小车。他把小车搁在路口，炭炉上一口平锅。"嗞啦"一声，金黄的油，在锅里腾起了烟。用竹签串起的羊肉或猪肉或香肠，被放进滚热的油里，立即爆出浓

烈的肉香，直往人的鼻孔里钻。放学的孩子，一个个迈不动腿
了，围在旁边，等着吃烤肉串。这是烟火凡尘，一日一日。

路边有花清丽着，是蔷薇。花从墙内探出身子来，趴到院
墙上，密集的一朵朵，细皮嫩肉的好模样。"东风且伴蔷薇
住，到蔷薇，春已堪怜。"这是年少时读过的一首词。一个
"怜"字，道尽人生的无奈与凄惶，有韶华已去暮色沉沉之感。

但还是极喜欢蔷薇的。从前的乡下，多野蔷薇，一长一大
片。花细白，香透了，又带着好闻的甜味儿。每年五月花开，
成群的蜜蜂，嗡嗡其上，忘乎所以。看蜜蜂吃得那么欢，我们
恨不得也变成一只蜜蜂。它却多刺，密密麻麻的。我曾冒着被
刺伤的危险，去攀采过它。带它回家，放在水碗里养着，一
屋子都浸着它的香甜。祖母瞟一眼花，神情显得很愉悦，祖母
说，野蔷薇啊。我在一边看着，很高兴，觉得自己做了一件很
有意义的事。——这是记忆里的画面，有花的香、祖母的笑，
还有我的年少。

眨眼间，这一切都已走远，我已长大到记不住自己的年龄
了。昨日跟一个文友通电话，隔着万水千山。文友问及我的年
龄。我愣了一下，笑着告诉她，很大很大了。再问，我还是如
此笑着回答。突然的，我发现自己变得很慈祥了。

慈祥？慈祥是个什么词？是大浪淘尽，水面那平静的波
纹；是秋风吹过后的枝头，时光落在那儿，沉默不语；是笑倚
着的冬阳，看两只小猫追逐；是稚儿绕膝，目光里，尽是温
和；是宽容，是从容，是不争不恼了。——我是吗？是。好像

又不是。我似乎还有心疼，还有波澜。

风过蔷薇，一个春的灿烂，到此了了。而随后，将是夏的炽烈。蝉的叫声，会占据每一片树荫。我呢？我去往哪里？会因为怕热，而躲进空调间里，于午睡醒来时，听蝉鸣声声，发上一回呆。

然此刻，我分明还站在黄昏的穹宇下。夕阳的余晖，一寸一寸谢了。我看到一个老人，守着一袋子青豆荚，在路口卖。正是青豆荚大量上市的时节，嫩绿的青蚕豆，和了雪菜烧，好吃。加了蒜苗烧，味道又是另一番清新。即便是清水煮煮，搁点盐，也是好吃得很。有自然的雨露之香。

老人和青豆荚，让我想起很多的从前：房子是茅草的，呈黑褐色。房顶上，大多数时候，总戴着一顶绿冠，那是自生自长的小草。墙是土墙，野蜂的窝，都筑在里面。房子里住着我的亲人。房子里住着我的乡亲。路上走着我的亲人。路上走着我的乡亲。路边小野花星星点点，前赴后继。狗在野花丛里窜来窜去。猫在野花丛里窜来窜去。还有小孩子，一揪一大把野花，胡乱地往头上插。

这是我的村庄。以为它永远是这个样子，每每回家，却发现它一日一日让我陌生。曾经熟悉的人，一个一个老去。总听到母亲这样叹，知道不，西边二奶奶走了。知道不，东头的陈姨没了。唉，早上还好好的人，还喝了两大碗粥呢，晚上睡觉说头晕，说没就没了。

村里的小孩，见面我没一个认识的。他们亦不认识我，睁大眼好奇地看我。母亲就得一个一个解释，这是谁家的。那是谁家的。都是和我一起长大的人啊，都是他们家的孩子啊，记忆里，却变成一个一个水印似的，模糊不清了。遇见，诧异半天，也想不起，眼前的人，就是曾经跟自己一起在树荫下跳绳的那一个。

我们在时间里遗忘。

人生就是一个不断记忆不断遗忘的过程。

而这个黄昏，我被谁遗忘在一个城市的路口了？

活　着

·

一个从小在都市长大的女孩，受过良好教育，通音律，会钢琴，还出国留过学。回国后，她在城里拥有一份让人称羡的工作，生活安逸无虞。一次偶然机会，她去大山里游玩，被大山深深吸引住了，从此魂牵梦萦。

后来，女孩毅然决然放弃了城里的热闹与繁华，跑到大山里，承包了土地种梨树。从没握过农具的手，在挖下第一个土坑时，手上就起了血泡。疼，疼得钻心。前来看她的母亲，抱住她哭，求她，我们回去吧。她却执意留下。当昔日的同事，坐在开着空调的咖啡厅里，听着音乐、品着咖啡时，她正顶着烈日，在给梨树施肥除草。渴了，就弯腰到山泉边，捧上一口溪水喝。累了，就和衣躺到草地上，头枕着山风，休息一会儿。

熟悉她的人，没有一个不说她犯傻：读了二十多年的书，接受了那么多现代教育，最后却把那些统统丢弃了，跑到大山里做起山民，这人生过得还有意义吗？

有记者拿了这个问题去采访女孩。女孩没有直接回答，而是带了记者去她的梨园。一路上，野花遍地，女孩边跑边采。时有调皮的小松鼠，从山间窜出来，女孩冲它招招手。鸟亦多，两年的山里生活，女孩已能叫出不少鸟的名字了。梨花刚开过，青青的果，花苞苞似的冒出来。女孩轻轻掀开一片叶，让记者看她的梨。女孩说，你看，它们一天一天在长大，将会有好多人吃到它们的甜。

女孩是真心实意喜欢上山里的日子，清静、碧绿，还有鸟叫虫鸣，常伴左右。女孩说，在这里，我每天都望见欢喜，我觉得很幸福。

女孩的故事，让我想起老家的烧饼炉子。烧饼炉子在老街上，我小的时候，它就在。摊烧饼卖的，是个男人，背有些微驼。他把揉好的面，摊在案板上，手持一根小棍，轻轻压，压成圆圆的一块。再挖一大勺馅，加到里面。把它揉圆，再摊开，撒上芝麻，贴到烧红的炉子边缘上。旁边等的人，会不时关照两句，师傅啊，多放点馅啊。师傅啊，多撒点芝麻啊。他一一答应。

他的烧饼炉子，一摆就是四十多年。他靠它，把两个女儿送进大学。如今，女儿出息了，一个在北京，一个在深圳，都有房有车，要接他去安享晚年。他去住了两天，住不惯，又跑回来，守着他的烧饼炉子。每天清晨五点，他准时起床，生炉子，和面，调馅。不一会儿，上学的孩子来了，围住他的烧饼炉子，小鸟似的，叽叽喳喳地叫，爷爷，多放点馅啊。爷爷，多撒点芝麻啊。他笑眯眯地应着，好，好。

你看，这一茬又一茬人，是吃着我的烧饼长大的，他呷一口浓茶，望着街上东来西往的人，无比安然地说。那只茶杯，紫砂的，也很有些年代了。问他，果然是。跟他三十年了，都跟出感情来了，成了他须臾不离的亲密伙伴。

人生到底怎样活着才有意义？我想，遵从内心的召唤，认认真真地活着，让每一个日子，都看见欢喜，这或许才是它最大的意义所在。

玻璃瓶里的红玫瑰

.
.

家附近有家修车铺，店面不大，只一小间。门口挂一木牌，上面用红漆歪歪扭扭写着几个字：修车，补胎，洗车。

经营修车铺的，是一对小夫妻，从山东来的。小夫妻望上去，长相差不多，都是矮矮的胖胖的，皮肤有些黑，笑起来，很憨厚。

我常从他们店铺门口过，熟了，他们老远就笑着跟我打招呼，上班？下班了？诸如此类的。笑容谦卑。

他们很少有闲着的时候，我看到他们时，他们手上都在干

着活。夫妻俩话不多，却默契着，一个修车，一个递工具。一个洗车，一个打水。整日一件工作服，上面沾满黑的油污。大冬天里，他们的手泡在冷水里，红肿着。望得见日子的艰辛。

有时会遇到他们正在吃饭。一人一个大瓷缸捧着，白米饭上，卧一小撮咸菜，他们吃得很香。跟他们说，怎么吃得这么节省呢？男人抬头笑，要存钱呢。女人补充，存钱留着小孩子以后上学用呢。

他们有小孩，七岁，在家读小学。谈起孩子，女人的眼睛笑成一条线，说，他聪明着呢，会画画，还会背诗呢。男人什么话也不说，只在一边，嘿嘿地笑。

我以为，这样的夫妻，是现世里的，为生活打拼着的，活得卑微而现实，注定与浪漫离得很远。

却在情人节这天，意外地在他们店里，看到一枝红玫瑰。

红玫瑰插在一个玻璃瓶里，玻璃瓶放在他们吃饭的桌上。桌子破旧，是好心的邻居送他们的。玻璃瓶普通，垃圾堆里，可以一捡一大堆。红玫瑰却开得妍妍，花瓣儿红丝绒似的，仿佛就摸得着那柔软的质地。一屋子的灰暗，因那一枝红玫瑰，而变得绚丽起来。

这天的活多，男人女人正埋首在一堆零件中，手忙脚乱着。我指着红玫瑰，好奇地笑问，这玫瑰花，是谁买了送给谁的？

男人抬头看着我笑，呵呵。女人抬头看着我笑，呵呵。他们又同时望了望身后的花，一齐笑，呵呵。

他们最终也没告诉我，花是谁买了送谁的。我笑着跟他们告别，想着也去买一枝玫瑰，送给家里的那个人。阳光下我忍不住回过头去，他们依然在忙碌，身子紧挨着，是花开并蒂莲。小店门前的阳光，铺成河。而他们身后，一枝爱情的红玫瑰，在玻璃瓶里静静地开着，明艳、高贵。

婉转流年

。
。

　　第一张贺卡，是送给我的语文老师的。那时，我在乡下中学读初中，语文老师是新分配来的大学生，弹一手好钢琴，朗诵的声音像电台播音员，他很快赢得了我们所有学生的喜欢。新年了，我很想送他一件特别的礼物。可乡下的孩子穷，有什么可送的呢？刚好我的一个同学在城里的舅舅，给我的同学寄来一张贺卡。那是我第一次见到贺卡，浅白的底子上，飘着一盏盏红灯笼，真别致。

　　当时，贺卡只在城里有，我挖空心思说服父亲陪我进城，手里紧紧攥着平时积攒下来的碎币。城里的五光十色是来不及看的，一头奔了贺卡去，细细挑，慢慢选。最后选中一张，画面上，一个小女孩半蹲着在吹蒲公英。她身后的草地，碧绿青翠，一望无际。我只觉得美，只觉得它很配我的老师，便毫不犹豫买了下来。回家，我在上面工工整整地写下一行字："敬爱的老师，喜欢您！祝您新年快乐！"想了想，最终没署名。想我的老师到现在，也不知道是谁送他那张贺卡的吧。年少时喜欢一个人，很圣洁，把他当作心中的神。

高中时，有同学在一张贺卡上写了一阕词："谁翻乐府凄凉曲，风也萧萧，雨也萧萧，瘦尽灯花又一宵。"只看一眼，心肺便被贯穿，我后来才知那是纳兰性德的词。同学把这张贺卡当作新年礼物送给我，他说："不久的将来，我们都老了。"我听了，心里划过一道深深的波，滴滴都是疼痛的惆怅，一瞬间，仿佛老了去。现在回头看，有的，只是微笑与感动。青春无敌，哪怕是忧伤，哪怕是疼痛。

读大学时，我曾寄过贺卡给我的父亲。在贺卡上，我很是郑重地写下"父亲大人"这几个字。贺卡飞到我家的那个小村庄，引起不小的轰动。乡邻们哪见过这个呀，且称自己的父亲为"父亲大人"。我父亲从村部取回贺卡，一路之上，不断有人索要了看，他们一脸羡慕地对我父亲说："你家丫头出息了。"这让我的父亲非常得意，那张贺卡，父亲一直收藏着。我现在每次回家，他都要说起，脸上的表情沉醉且生动。这让我很怀念那时的自己，那么单纯懵懂地对待这个世界，一往无前。

时光是只橹摇的船，咿咿呀呀的，这边还没在意，它已摇过一片水域去了。很快，我大学毕业了，工作了。头几年，真是热闹，同学之间书信往来不断，过年时，贺卡更是少不了的，我会收到一堆，也会寄出一堆。去买贺卡，慎重得不得了，一定挑了晴天丽日去，一家店一家店去淘，一张一张地精挑细选，在脑子里回想同学的模样，和他们的糗事，一个人，偷偷笑。

贺卡买回来，先自个儿欣赏了。然后净手，开写。在夜晚，在灯下，是最好的。那时，一个天地都是宁静的，思绪可以放牧得很远。白天就在脑中构思好的一些话，掏出来，左斟酌，右思量，这才在贺卡上写下。贺卡寄出了，一颗心也随之放飞了，那种喜悦与真诚的祝福，无与伦比。

后来，成家了，渐渐被红尘俗事淹没，再没了那颗欢愉和跳跃的心。同学之间的联系，越来越稀疏，直至无。

也会在新年里，收到贺卡，是我的学生或读者寄来的。贺卡一律的喜气洋洋、花团锦簇，大好的年华，开在上面。我对着它们看，心中轻轻淌过一条岁月的河。谁还在贺卡里巧笑倩兮？一地落叶黄，婉转流年，流年婉转。

那一天的长大

:

打从她有记忆起，她的背后，就盯满好奇的眼睛，仿佛她是一头怪物。所有的人，都津津乐道于一个故事，一个男人和一个女人的故事：男人女人是夫妻，但女人不守妇道，男人终于忍无可忍，于一个风雨夜，用绳子勒死女人。

讲故事的人，讲完后会停下来看她，而后问："小茹，记不记得你爸你妈？"

她只是怀了愤怒地望着那人，一声不吭。她不记得父亲，亦不记得母亲，却敏感地嗅出，那人语气里的不怀好意。她小小的心里，沉淀着一种叫仇恨的东西。而她，唯一能用来作抵抗的，只有沉默。

她一日一日封闭着自己，大部分时间，她坐在村前河边的一块石头上看天，这是她消磨时间最好的办法。天真大呀，无边无际，变幻万千。最可爱的要数那些云朵了，一会儿像小羊，一会儿似蘑菇，就那么自由自在地飘来荡去，像被宠坏的孩子。

她想，做一朵云，应该是快乐的。我为什么不是一朵云呢？

就在这时，一个女人走进了收养她的叔叔的家。那个女人，是被人从万水千山的四川带来的。那儿开门是山，世代贫瘠，女孩子长大了就都往山外飞，为的是找一口饭吃。女人被人带到叔叔家，只稍稍打量了一下叔叔和叔叔的家，就同意留下来生活了。据女人后来说，她是看中了叔叔家的粮囤子，那里面有堆得满满的稻谷子。

女人很勤快，才来的第二天，就屋里屋外忙开了，挂一脸笑。一条粗黑的长辫拖在脑后，随着女人晃动的身影，活泼地左右甩动着。她照例日出而出、日落才归，过着她的游荡生活。女人试着跟她搭话，她冷冷地不予搭理。

一天傍晚，她在外晃悠了一天，踢踢踏踏跟着一群晚归的鸟雀回家。走到屋角头，突然听到里面传出女人和叔叔的对话。女人说："小茹都八岁了，该送她上学了。"叔叔闷声闷气地答："家里哪有闲钱供她上学？"女人说："先找学校说说，欠一下账，以后再想办法还吧。"

女人就真的去找学校了。也不知女人说了什么好话，竟把冷面的校长给说动了，同意她入学。女人把一张欠条贴身揣着，满心欢喜地在灯下用头巾给她缝书包。一边关照她，小茹，到学校里，可不要太嘴硬了，看到老师要叫，跟同学要客气相处。

她心中涌过一点点感动，但只一刹那，便什么痕迹也没有了，她习惯了冷漠和沉默。她没有答女人的话。

第二天，女人亲自送她去学校。校门口，女人再三叮嘱："小茹，要听老师的话哦。"她难得地点了一下头，女人便高兴得咧开嘴笑，许诺她，中午放学回家，她给她做煎鸡蛋吃。

她却让女人失望了。第一天上学，她就打了一场架。原因是同桌骂她杀人犯。她的仇恨终于像火山一样爆发，扑上去就是一通抓咬，结果那孩子的半边脸肿起来。这下炸开锅了，老师和那孩子父母，一齐跑到她家。叔叔气得脸都灰了，抄起门后的扫帚，照着她就无头无脸地打下来。女人当时正在锅边煎鸡蛋，锅里腾起好闻的油烟。女人慌得丢下铲子跑过来，拉住叔叔，把她往屋外推。她趁机跑出家门。

那晚在外游荡到伸手不见五指才归。叔叔已睡下，女人在灯下等她，一边给她热炒鸡蛋吃，一边就叹气。她以为女人要说她两句的，她以为她的上学生涯会就此结束的。女人却没多说什么，只淡淡地说："早点睡，明天还要上学呢。"这让她意外。她在心里向女人保证，下次再不打架了，一定不。

经历了第一场架后，她与老师、同学之间形成井水不犯河水之势，他们不搭理她，她也不搭理他们。这倒让她安静地把书念了下来。那些日子，天空很蓝，云朵很白，世界安宁。

秋天的时候，女人生了一个男孩。叔叔破天荒地称了一斤骨头给女人熬汤喝，女人把骨头里的肉一点一点剔出来，放她碗里，要她吃。

叔叔见了，很不高兴。虎着脸看女人，又看看她，说："你把这丫头惯的。"

她一下子将碗扣翻，肉末子全倒到桌上。叔叔伸了手欲打她，她睁眼怒视着迎上去，叔叔伸到半空的手，就颓然落下来，诅咒般说一句："你像你妈。"

她扭头跑出去，身后是女人的叫声："小茹，小茹。"

晚上回家，她的床边却搁着一碗饭，里面的肉末堆得尖尖的。

冬天，寒风凛冽。女人顶着风，在沟渠边挖蒲公英的根，送到药站去换钱。一斤蒲公英的根可换到两毛钱。

女人挖一整个冬天的蒲公英，换得四百二十块零六毛钱，替她还了欠下的书本费，给她买了一个新书包，余下的，给她做了一身新衣裳。

女人的手却因此冻裂得千疮百孔，十指无一完整，全红肿得跟胡萝卜似的。

她一个人躲在房内，抚着新衣裳，眼睛里第一次蓄满泪。她在心里面发着誓，一定要好好读书，一定不让女人失望。

她就真的把书一路很好地念了下来。

考初中那年，她很顺利地考入镇上最好的初中。

叔叔怕费钱，不肯让她再念书。说能有口饭把她养大就不错了，还烧那个钱做什么？女人却执意要送她读书，说不能耽搁了她的前程。"不然，小茹她爸在地下也不安心的。"女人没提她妈，女人提的是她爸，叔叔狠狠盯着她的目光，就一软。

她最终去了镇上中学念书，学校离家远，她住宿。

星期天回家，女人给她煎荷包蛋吃，那是他们那个穷家能拿得出的最好吃的东西了。一旁的弟弟要吃，女人拉了他走，一边就对他说："你在家不是天天吃吗？姐姐一星期才回来一次。"

弟弟不依，哭闹，"妈妈你骗人，我才没有吃呢。"

晚上，她躺在床上，听到吵骂声，是叔叔的。叔叔怒气冲冲说："家里的日子过得紧巴巴的，你却让她吃好的穿好的，自己亲生儿子也不疼，你到底存了什么心？"

女人细细的声音响起："你小点声，小茹在家呢。"

叔叔却不管这些，他是存心要让她听见，声音没小下去反而扬起来，"在家怎的？我还怕她不成？这个家是我说了算还是你说了算？从明天起，我不许你再给她另做吃的。养这么大，我算对得起她了！还不知她明天是成人还是成妖呐！"

女人恼了，吼一句："小茹可是你亲侄女！"

她再也听不下去了，身体内隐伏的倔强腾地窜上来，她一骨碌翻身起床，走到他们跟前去，冷冷地说："你们不要吵了，我成人也好、成妖也罢，我走就是了，从此与你们无关。"

三小时后，她已躺到宿舍的床上，眼瞪着天花板，心里充塞着恨。她恨叔叔，她用最恶毒的话一遍一遍诅咒他。想着等天亮了就出走，离得远远的，世界这么大，总有一处能容她的地方。

却听到门外有敲门声，打开门，竟是女人。女人瘦弱的身子，倚了门框颤抖，像风中一枚旋转的叶。——女人一直是怕走夜路的呀。

好半天之后，女人才回过神来，从贴身的衣兜里，掏出叠得千层万层的手绢，里面是些零零碎碎的票子。女人都给了她。

她不肯要。女人有些生气，说："小茹，如果还当我是你婶，你就收下。好好读书，等你以后出息了，再还给婶婶。"

她低了头。这些年的委屈，在心头翻滚，化作热泪奔流。女人愣了愣，走上前，把她轻轻揽进她怀里。她嗅到女人怀抱的气息，稻草般的，温暖的。她忍不住轻唤一声："婶。"自打女人进入叔叔家的门，她这是第一次开口叫女人。女人激动了，忙忙答应道："哎。"声音抖抖的。

那一晚，她们挤在一个被窝睡。女人没有大道理讲，只跟她说，人生来都有自己的命，好死不如赖活着。好好过下去，说不定会时来运转呢。女人说，以前在大山里活着，饱一顿饥一顿的，哪想到会过上现在的日子呢。"我还在等你将来考上大学呢，把婶也带出去见见世面。"女人说。眼睛里，晃动着两簇动人的水波。

　　她开始拼命读书。三年后，她以全镇最好的成绩进入县城重点高中。到重点高中后，开支相应增多了，但她不想增加女人的负担，女人每每问她钱够不够用、伙食好不好。她都撒谎说，一切都好。

　　为了节省开支，她每天三餐都是馒头就咸菜，导致她严重的营养不良，体质衰弱。在一次体育课上，她晕倒了。

　　醒来的时候，已在医院里。六月天了，窗外的紫薇，开得正好，堆一树一树粉色的红。女人推门进来，瘦弱得像纸人，手上却很奢侈地提着一个紫砂陶罐，笑微微的。紫砂陶罐里，装的是温热的鸡汤。女人坐她床边，一勺一勺地喂了她喝，叮嘱她："小茹，以后不要苦自己，你只要好好读书，钱的事你不用愁，婶婶自有办法的。"

鸡汤温润地滑过她的喉咙，有一股暖流穿肠而过。

自此后，女人三天两头到学校来看她，有时会带了小弟来，提着装满菜的紫砂陶罐，里头有鱼也有肉。她问哪来的钱买这些吃的。小弟在一边抢嘴说："妈妈去拾荒卖。"

她冰冻多年的心，刹那间成破茧而出的蝶，很想很想扑到女人怀里，叫女人一声"妈"。但终究，什么也没做，只任感激，在心中奔成汪洋。

高考揭晓，她以全县文科最高分被一所重点大学录取。这消息，让一个村庄沸腾了。大家都说，哎呀，想不到小茹那丫头会这样出息。叔叔一改往常的冷漠，黑脸膛高兴得发红，买了一条烟，逢人就发。女人则宰了家里的羊，办酒席宴请一村的人。

热热闹闹的人群散去，女人在灯下给她整理大家送来的礼物，笑着评点这个好、那个好。她站在女人背后，静静看女人，女人当初粗黑的长辫子，已不复，代之的，是碎碎的短发，里面洒落霜的痕迹。她想起多年前，她坐在村前河边的石头上看天的情景，若是后来没有女人的出现，她的命运又将如何？

女人回头，发现她，笑问："小茹，你怎么了？"她不吱声，只那么静静看着女人，怀了满腔的柔情。突然从她喉咙里迸出一个字——"妈"，这个她早已忘掉的字眼，就那么仓皇地跳出来。她们两个，都被这个字惊呆了，傻愣愣地看着对方，继而，紧紧拥抱到一起。

白棉花一样的阳光

    天冷的时候，我不可遏制地要想起那些土墙来，褐黄里，泛出浅白。那是我家乡茅草房的墙。

    我们倚了土墙晒太阳。一村的人，都倚了土墙晒太阳。那是些晴好的天，太阳温暖得像大朵的棉花，一朵一朵落下来，覆在土墙上，土墙便慈眉善目得很了，像个温厚的老人。

    倚了这样的土墙，心是安宁的。人们有一搭没一搭地说着话，一年忙到头，难得的清静与悠闲。他们多半会眯了眼，享受般晒着太阳，像一群安静的羊。身上能晒得冒出油来。

孩子却是喧闹的。在土墙边，挖个坑儿，滚玉球玩。或是跳绳、踢毽子。有眼馋的大人，敌不过孩子的闹，加入到孩子的行列去。譬如踢毽子。哪里是孩子的对手？小家伙们手呀腿的灵巧得跟小鹿似的，他们却动作笨拙，不复年轻时的矫健。于是在孩子们的哄笑中，讪讪笑说一句，骨头老喽。

这个时候，最美的画面，要算那些女人们。她们挨了土墙坐，穿着或红或绿的棉袄，手却一刻不停地在纳鞋底。脸上一团平和，暗地里却在较着劲，看谁纳的鞋底好、做的鞋漂亮。

其实，只要一低头，看看她们及她们家人脚上穿的鞋，也就一目了然了。最常见的布鞋，是白的底、黑的鞋面。但也有翻新的，女人挑一方红格子的布，做成鞋面，在视觉上就出格了去，让人一眼看到她脚上漂亮的鞋。一家有，百家仿，用不多久，全村的女人，都会穿着红格子面的布鞋。

那时，乡下恋爱中的女孩，送给意中人的定情之物，大多是布鞋。她们瞒了旁人的眼，在夜里，拥着被子，细细估摸着意中人脚的尺寸，然后一针一针密密而下，是扯不断的柔情。鞋做好了，她们会在有月亮的晚上，约了意中人见面。月下相见，没有多的话，只把一双藏着千行情万行意的鞋往对方手里一塞，扭头就跑。好了，这双鞋，就私订了终身了。

我的母亲，曾是做布鞋的高手。她手把手地教过我纳鞋底，教过我剪鞋面，但我怎么学也学不会。为此，母亲忧心忡忡地说，这丫头怎么好呢，长大了哪个人家会娶她？

想想当时好像也着急来的，不会纳鞋底，以后我穿什么呢？

我长大后嫁得人，却不再穿布鞋。我拥有各种各样的高跟鞋，它们"哒哒"有声地走过一些路面，把我的身子衬得亭亭，让我极尽优雅。但同时，也常会把我的脚给崴了。

这个冬天，天气冷得嘎嘣嘣的，虽也有太阳，光芒却是散淡的。我想起那些土墙来，想起倚着土墙坐着的人，那些白棉花一样的阳光！现在，不少人已经故去，健在的，也都老了。就像我的母亲，她早已看不见穿针引线了。

我强烈地想念起布鞋来，想念脚底的温暖。我满街去找寻，终寻到一个鞋摊，卖的竟全是布鞋。黑的鞋面，白的底，是记忆中的样子。极便宜，十块钱一双。我立即买一双，穿到脚上。我低到尘埃里了，看见了喜欢的人的脸。这个冬天，我觉得幸福。

欢喜的年

——

: :

爆米花的来了。卖灶糖的来了。弹棉花的来了。这都是腊月里的事。

沉静的村庄，日益喧闹起来，这家在涮蒸笼，那家在杀鸡。人们的心思单纯到只为吃：蒸馒头，蒸年糕，打粉，做豆腐，灌香肠……原本简单的食材，偏要挖空心思，做出五花八门来。腊月就这样，被熏染得色香浓郁、香味扑鼻。

一年的好，仿佛都聚到这个月来了。天空干净。大地干净。往日里寻常的一切，变得可亲：家里的小狗是可亲的。羊圈里的小羊是可亲的。低矮的房屋是可亲的。甚至挂在檐下的冰凌也是好的。门前落光叶的桃树也是好的。喜鹊站在高高的槐树上，喳喳叫着，叫得人心里欢喜，翻腾得浪花般的，一咕嘟一咕嘟地往外冒。人们遇见，格外和气。连平日里恶言恶语过的乡亲，碰面了，也多半讪讪笑着，话搭话地聊上几句，说说家里的收成如何，年货置办得怎么样了。哪里还有什么嫌隙？都是亲如一家子的。

张家要娶新娘子了，这是村庄腊月里最盛的事。腊月农闲，土地搁那儿，让它自个儿做梦去吧，村庄要趁着这个时候办喜事。春联提前贴起来，红灯笼提早挂起来，一村的人几乎都跑去张家帮忙。哪有那么多忙好帮啊，没事做那就站着闲看吧，笑语喧喧，一个村庄都喜洋洋的。孩子们小狗般的，在人缝中钻来钻去、蹿上蹿下，等着看新娘子，等着讨喜糖。天寒地冻的天，亦不觉得冷。

那些天，孩子们可以放开手脚野一野了。老辈说，腊月皇天的，不作兴打孩子的。孩子们听了，就如同得了天书，被束缚的天性一放再放，不知怎么野才好了，就差插上一对翅膀飞上天去。玩冰去吧。捣鸟窝去吧。放野火去吧。偷了家里的腊肉，去地里烤着吃。玩湿了棉鞋，刮破了棉裤，这些错，大人们竟都能容忍，从未有过的和颜悦色。

从前看《红楼梦》，看到贾府里忙腊月，忙得人仰马翻，吃的穿的用的，一样一样，都要全新的。祭祀的供品和供器，更是马虎不得，列了长长的单子，由贾珍去采购。终于要过年了，贾府举行盛大祭祀，宗祠里香烛辉煌、锦幛绣幕，上下人等"将五间大厅，三间抱厦，内外廊檐，阶上阶下两丹墀内，花团锦簇，塞的无一些空地"，端的是排场盛大，浩浩荡荡。我以为，我村庄的腊月，与之相比，毫不逊色。无论繁华世家，还是小门小户，这腊月，都一样的隆重庄严，都有一个簇新的年，在腊月那头，等着。

雪地里的背影

：

　　冬天的乡下，是一年中最清闲的时光。白雪封田，家家茅草房里，都有一炉炭火燃着。外面一个冰雪世界，屋子里，却是一家人最和暖的日子。

　　棉花匠都是在这个时候，来到村子里的。一辆破自行车上，挂着他的家当——棉弩、棉秆和棉锤。他一进村子，就有眼尖的小孩子叫起来，弹棉花喽。

　　每年到村子里来弹棉花的，都是一个背有点驼的男人，脸色黝黑，看不出他的实际年龄，有说他三十多岁的，有说他四十多岁的。村人们看他的眼光有些怜惜，怜惜他一个人过日子的艰难。家家都拆了旧棉被，请他到家里来弹。嘭嘭嘭的弹棉花声，就响在整个村子里，从这家响到那家，一直响到年脚下。在棉花匠有节奏的弹唱中，棉花渐渐变得酥软，他铺垫、压被，眨眼间，一床暖和的棉被就成了。大家都夸棉花匠好手艺。棉花匠听了，只笑笑，不说话。他是个沉默的男人。

这一年的冬天，棉花匠又来了。脸色依然黢黑，脸上却一直挂着笑，仿佛藏着什么好心事。还让围在边上看他弹棉花的小孩，拉一拉他的棉弩。小孩子拉不动，他就笑了，说，这个，可不是随便能拉动的，要好好练的。他跟村人们的话也多起来，聊收成聊日子。他说，过日子苦点不要紧，只要有个人能暖暖心。村人们就笑他，想女人了吧？他嘿嘿笑。

这年，在村子里弹完最后一床棉被，要结算工钱了，棉花匠却提出，不要工钱，只想要一些棉絮。原来，他有女人了，他想送她一床新棉被过年。大家听了，都替他高兴，争着问他女人的情况。他只一个劲说好，她什么都好。后来，家家都匀出一些棉絮给他，他把棉絮装进一个蛇皮袋里，背到肩上，脸上现出快乐的潮红。

来年的冬天，棉花匠的自行车后，就跟着一个女人。女人也有张黢黑的脸。村人们看着，笑说，倒也配。请那女人喝茶，告诉她，棉花匠是村里的老熟人了。女人一律微笑，打着手势。村人们这才知，女人，原是一哑巴。都有些替棉花匠可惜。

棉花匠却乐着，弹棉花的动作变得轻盈，一下一下，"嘭嘭嘭"的，像歌唱。女人守一边，笑着看他，帮他拉线、压垫，配合得天衣无缝。洁白的棉絮飞成一朵朵花，他们就罩在花里面，是双子合璧。

又到结算工钱的时候，棉花匠依然不要工钱，这次，他提出，要一些白面馒头。年脚下，家家都蒸了几笼馒头准备过年呢。大家奇怪地问他，要这么多馒头做什么呢？拿了钱可以买其他东西呀。他"嘿嘿"笑两声，看他女人一眼，说，我家女人喜欢吃。

棉花匠如愿得到馒头。这家给点，那家给点，竟装了满满一袋子。他和他的女人，推着那袋馒头，走在雪地里，一步一步向着他们的家走去。他们的背影，像息在大花被上的一对鸳鸯呢，不知咋的，看得村人们眼睛潮湿。

呼吸这件简单的事

有这么一个女子，她的足迹遍布旅行、摄影、葡萄酒、时尚杂志，才华卓绝，风度非凡。她是别人眼中的"超人"，分分秒秒都在激情燃烧，绚丽耀眼。然她的生命，却在三十五岁上戛然而止。绝症，晚期。尽管她曾抱了无畏的勇气，请上帝给她更多的时间，但她还是在百花盛开的时节，凋落了。患病之后，她曾说过一句发人深省的话，面对可能相遇的死神，我开始重新思考自己的生活方式，那些被人羡慕的生活有太多虚妄的假象。

什么时候，我们才真的懂得，那种光华灼灼的背后，健康与生命，其实早就瘦骨伶仃？我们恨不得把一分钟掰成十分来使，我们忘记了听风吹，无暇看日升日落，一路狂奔而去，以为前方，定会有更多更美的风景，生生错过了路旁众多景致，还有寻常的喜悦与快乐。岂知人生错过，就错过了，永不可回返。

朋友 S，是一个把事业看得比生命还重的人。他从事记者这行当，整天天南地北做采访，觥筹交错中，他的人生，繁华成一树花开。却不敌一场大病，发现时，已是肝癌晚期。离世时，他的小女儿才六岁。他对小女儿说，爸爸要到很远很远的地方去了。眼神里，有那么痛楚的依恋。他多想好好爱家人、爱自己、爱这个世界，却来不及、来不及了。

痛。若是他早知如此，他断不会拼命透支自己，让自己活在虚妄的假象里吧？我想起一句话来，早知今日，何必当初？当初是什么？当初是金戈铁马、气吞山河，以为挥一挥手，就可以打下一片江山。只是江山还在，人却非。与时光、与浩渺的宇宙相比，我们人，到底能握住什么？

一个编辑朋友，在QQ里跟我说话，我们谈到一些早逝的人。他突然对我说，你不要再熬夜写作了，你再有名，文章再惊天下，我都可以不要，我要的是，朋友的健康。人都没有了，要文章做什么？我不想你千古留名，只想你今世活好。

愣住。是的，没有了活，那一些，还有什么存在的意义？上帝在给予人生命的同时，也给了人很多的诱惑，譬如金钱、名利、地位。但上帝又是公平的，你拥有一方越多，另一方也就失去得越多。得失之间，生命在荡着秋千，你得好好抓牢牵引的绳索，才不至滑倒坠落。如此想来，平安终老，该是多么有福气的一件事。

和那人一起散步。街两旁的梧桐树，蓊郁如盖，我们站在一棵梧桐树下，说起死亡。他说，知道什么是最美的事吗？是呼吸啊。我点头，以为是真理。张眼之处，人在呼吸，车在呼吸，树在呼吸，楼房在呼吸……世界在呼吸，世界活着。能呼能吸，多么值得感恩且珍惜！

我们就这样站着，傻傻地听呼吸的声音。深深吸一口气，再呼出。我想到一行大师那句很禅意的话：吸进的是鲜花，吐出的是芬芳。呼吸这件简单的事里，原是藏了这样的美妙。

不远处，一丛月季，开着碗口大的花，绯红、明黄。还有鸟，翅膀上驮着光亮，飞过天空。夕阳艳如一颗红樱桃，天空的颜色，绚烂得可以做跳舞的衣裳。

他会在乎

晚饭后，去步行街散步。我喜欢那里干净的路面，和道旁的绿树红花，还有极具人文的文化广场。每天晚上，那里总聚集着一群又一群人，随着音乐翩翩起舞——这是小城近年来兴起的一项运动。吃饱喝足的人们，想着要健康了，于是纷纷走上街头，跳舞健身。

孩子们在溜冰。他们小小的身影，小鱼一样的，从我的身边滑过去，再滑过来。欢叫声此起彼伏。走近这样的人群，我总是极容易沉溺进去，成为其中的一个。我无法抗拒这样的活着，那种生机勃勃。

就在这时，我看见了他，迎面挪来。是的，是挪。因为他一步移不了二寸，腰佝偻如弯弓，让人担心着随时会折断。璀璨的灯光，照见他一张愁苦沧桑的脸，上面写着万水千山。他肩上捅着个破麻袋，不知里面装着啥。一只手从破旧的衣袖里伸出来，手掌向上，朝着路人，不言不语。可全部的肢体语言分明在说，行行好吧，给我点钱吧。

这样的老人，在不少的城市街头都有。这世上，富足与贫苦，幸福与困厄，永远都是相对的。

路人有的避他而走，有的视而不见。广场上，跳舞的人们依旧在跳舞，"小小的一片云呀，慢慢地走过来，请你们歇歇脚呀，暂时停下来……"歌曲节奏明快，跳不尽的欢乐。孩子们依旧在溜冰，你呼我喊的。我身边的朋友牵牵我的衣角，朝他努努嘴说，别理他，这种人见多了，说不定是骗人的。

我于是避开那只试图伸向我的手，走远。心里却极度不安，我不知道为什么不安。我立定，回头望，他还徒劳地伸着手，朝着路人，手掌向上。一晚上，不知他能讨回几文。我踟蹰了一会儿，终折回去，在他伸出的手上，轻轻放上十块钱。

朋友对我的行为大不屑，她说，如果他是骗子，你给他钱是助长了他。如果他不是骗子，你给他十块钱能帮他什么呢？明天他还是要露宿街头。再说，每天都会遇到这样的人，你帮得过来吗？

我承认朋友说得对。然十块钱毕竟可以买到两大碗面条，可以买到五瓶矿泉水，可以买到一把挡雨遮阳的伞——有总比没有好。

想起一个旧故事来：暴风雨狂卷过后的海边沙滩上，搁浅着许多条小鱼，小鱼们奄奄一息。一个小男孩，不停地捡呀捡，把捡到的小鱼扔回大海里。旁边一散步男人，站着看了半天，终忍不住了，走过去提醒小男孩，说，这儿有成百上千条小鱼，你救不过来的。谁知小男孩头也不抬地回他，我知道。男人很惊讶，就问小男孩，既然你知道，那你为什么还要捡呢？谁会在乎？小男孩捡起一条鱼，扔进大海，冲他说，这条小鱼在乎。再捡起一条，扔进大海，说，这条也在乎……

是的，这条小鱼在乎。我们再怎么张开双臂，也庇护不了所有的饥寒，但我们足可以在我们力所能及的范围内，送出一点温暖——一杯水、一碗饭、一件衣。哪怕什么也没有，我们也可以送上一朵微笑。

那或许正是他人的活命之源，他会在乎。

要相爱，请在当下

:

多年前，我在我的一个高中女同学的毕业纪念册上，一笔一画写下这样的临别赠言：但愿人长久，千里勿相忘。想那时，七月当头，教室窗外，紫桐花落过，巴掌大的叶，布满树梢，阔而肥。阳光从树叶间，漏下点点滴滴，在教室的窗台上，晃晃悠悠。离别在即，青嫩的心里，定有离愁激荡，于是眼眸对着眼眸，认认真真地相约着，不相忘，不相忘。

多年后，她念初中的小女儿，成了我的热心读者。一天，那小姑娘偶翻她妈妈的毕业纪念册，看到我的名字和我手书的赠言，惊喜之下，发信息给我：梅子阿姨，你还记得有个叫倪素萍的人吗？

谁？这是我的第一反应。小姑娘随后发来我的临别赠言：但愿人长久，千里勿相忘。我极其陌生地看着，脑子里千遍过万遍筛，昔日的树影花影，全叠在一起，哪里分得清哪张脸与哪张脸？甚至，连名姓也难回忆起了。——当初的信誓旦旦，原是不算数的。

同样的年华，有过喜欢的男孩子，许诺过将来。将来，等我们大学毕业了，等我们工作了，一定要一起去海南看海。那时，有歌流行，歌中有两句唱词：请到天涯海角来，这里四季花常开。我们一边哼唱着，一边向往着。彼时的心里，最大的甜蜜与幸福，莫过于海边相守。

后来，我们真的毕业了，我们真的工作了，誓言却被丢进风里面。起初还偶尔想上一想，再然后，生活的千锤百炼，早把当初的誓言，锤打成另一副模样了。偶一次，我翻到当年的日记本，上面白纸黑字写着呢，刻骨铭心还在，却像看别人的故事了。笑一笑，轻轻合上，依然塞到抽屉的一角去，让它积尘。那个男孩子的面容，我早已记不起了。

想来，在青春的岁月里，我们曾许下过太多承诺，任它们星星一般的，在青春的天幕上跳跃、闪亮。一腔的热情，只管如花一样，拼命盛放。以为山高着、水长着，地老天荒，我们，永远是不变的那一个。哪里知道，花有期，人会老。

也曾心心念念着要去一些地方：平遥、西藏、青海、新疆……每一处，都镶着金光。家里那人答应我，等将来，等我们赚了足够多的钱，我们就背起背包出发，一个月跑一个地方。以前我会为这样的承诺兴奋不已，现在，我不了。人生充满太多的不定数，那个遥远的将来，我能等到吗？退一步吧，纵使我等到了，只怕到那时，老胳膊老腿的，我也早已爬不动山、涉不了河了。

可爱的闺蜜在云南。秋日的一个午后，她路过一家慢递吧，古朴的墙，古朴的门楣，古朴的桌椅，一下子吸引了她。她趴在雕着花的藤桌上，提笔给我写了一封信，边写边乐。投递日期：十五年后。我好奇地问，你在上面写了些什么呢？她神秘一笑，说，到时你就知道了。

天，我得等十五年！十五年，多长啊。花开，花谢，一季，又一季。到那时，于薄凉的秋风里，突然收到一封来自十五年前的信，我不知道，我该用什么心态去承受。欢喜抑或是有的，只是，更多的感觉，应该像做梦。过去再多再好的岁月，也与我无关了。

是的，要相爱，请在当下。当下，你看得见我，我看得见你。你的好，我全部知道，并且，我会沐浴着它的恩泽，愉快地度过这眼下时光。

走不出的万丈红尘

:

去威海，是要去赤山看看佛的。

它原是住在赤山红门洞里的山神，被称作赤山明神。赤山因它，成为东方神山，名扬天下。传说其法力无边，福佑大千，功德无量。在日本、韩国也备受推崇，那儿的许多寺院里，至今仍供奉着它。佛不分国界，佛光普照。

赤山山势起伏，壁立千仞。旁有大海缠绵悱恻，海水湛蓝。阳光下，海水闪着绸缎似的光泽。佛坐在高高的山巅之上，坐南朝北，面向大海，目光平和，稳重厚笃。它的左手随意搭放着，右手臂提起在胸前，手掌向下。如慈母在照看孩子，孩子正蜷伏在她的怀里呢，她提起手臂，想抚摸自己的孩子。哪里的佛，都是这样的，身上罩着母性的光芒。世上母亲，原都是佛。

我们一路行去，阳光透明，反倒蒸腾起一片雾霭，如轻纱缥缈。赤山便笼在这样的轻纱里，梵宇僧楼，婉约其间。不时相遇到绿树红花，人一样地顾盼生姿。你停下，与一棵树，或是一朵花对视久了，不由得笑了。到底是神山啊，那树那花，仿佛就要开口说话。

大佛高达五十八点八米。人站在下面，如蚂蚁。我们这群蚂蚁仰望着慈眉善目的大佛，心像被什么点化了似的，一时安静无语。对佛，你可以不信，但不可不敬，这也是对他人信仰的尊重。

年轻的导游小姐考我们，你们知道佛的右手掌为什么向下吗？大家说出的答案五花八门。最有趣的一个答案是，佛要伸手拿东西吃。这是烟火凡尘里的佛。大家都笑起来。

真正的答案却是，海上多风浪，佛掌向下，是为了抚平海上风浪，让出海的渔民，和过往的商贾船只，能安全上岸。所以，当地人逢年过节，或是出海远航，都要到佛前拜一拜的，求健康求平安。

同行中一大男人突然问，灵吗？

导游小姐回眸一笑，说，当然灵，只要你心诚。

男人立即面对佛像，双手合掌，目光低垂，如此长达五分钟之久。等他拜佛完毕，大家取笑他，你也信这个？他笑了笑，没说什么。后来才听他说起，他的妻子生病不断，他拜，求的是心安。

同行中一女孩，一路之上，很少说话，心中似有悲痛无法化解。当我们踏上一百零八级台阶，抵达佛殿，看到她正低眉敛目，跪伏在佛前。我们没有打扰她，默默绕开去，在殿外等。

许久之后，她出来，脸上现出笑容，人也变得活泼起来，主动跟我们提出，要和我们合影留念。她心中的结，一定对佛讲了。佛不会背叛，不会泄密，佛是最好的听众。

我们下山去，相遇到另外几拨人上山，他们亦是来看佛的。佛不语，它坐在高高的山巅之上，一日一日，守望着红尘万丈。你来，或者不来，它就在那里。大爱无言，大音希声，这是佛的力量。